双子の悪魔

相 場 英 雄

幻冬舎文庫

双子の悪魔

目次

プロローグ　構図《アングル》

1

　新潟県燕市の外れ、中ノ口河畔の古びた製鉄所の姿を、直樹はいつものように見ていた。煤《すす》けた煙突からは、もうもうと煙が吐き出され、風向きによっては、燕市だけでなく、近隣の三条市まで黒煙が流れ出す。

　一九八七年、夏の昼下がりでも煙突からは煙が上がり、真夏の直射日光を遮っていた。土手下の製鉄所脇広場には、鉄やアルミのスクラップを満載した小型トラックが一〇台、電炉に向かう車止めに列を作っていた。

「オボジ、今日はいくらくらいかな」

「そうさな、多分、二、三万円だな」

　車列の最後尾、中古のダットサン・トラックの中で父親がハンドルを握っていた。

「菊田金属でまとまった屑《くず》が出たから、助かったよ」

「オボジ、グラブがボロボロになったから、買い替えの足しにしてもいい？」

「いいよ。レギュラーになれるんだったら、ボロのグローブだと恥ずかしいからな」

のろのろと車列が進み、ダットサンはようやく集積場手前までたどり着いた。

「沼島さん、ちいとばか来てくんねかね。多分、屑が足りねえから、もっと集めてきてくれって話だと思う」

三宝《さんぽう》金属と刺繍された作業着姿の男がダットサンの脇に駆け寄った。

「直樹、荷台から屑を降ろしてくれ」

「やっとくよ」

直樹はコラムシフトを器用に操作し、車を電炉脇の屑鉄集積場に動かした。

車を降りた直樹は、荷台から屑鉄を掻《か》き出した。

真夏の製鉄所に冷房はない。広大な三宝金属の敷地の外れ、集積場の片隅にも容赦なく電炉の熱気が伝わってきた。直樹が真っ黒な軍手で額の汗を拭い、荷台から最後の屑を掻き出したときだった。ドーンという低い音と、けたたましいサイレン音が周囲に響き渡った。同時に、周囲に設置された赤色灯が激しく点灯を始めた。銑鉄ライン付近からは、怒号が飛び交っている。

　直樹はスコップを放り投げ、怒号の方向に走り出した。一五〇メートルほど走ると、三宝金属の社員たちがライン付近に集まり始めていた。充満した熱気を切り裂くように、鋭いサイレンの音が響き続けている。

「こっちに来んな！　危ねえ！」

　父親を呼び出した三宝金属の社員が両手を広げて直樹を制止した。

「オボジ！　オボジ‼」

　直樹は男の肩越しに、人の形をした溶鉄を見た。

「オボジ！」

　一瞬、溶鉄の塊が動いた。だが、四秒後、またたく間に人の形はなくなった。ライン脇では、サイレンが響き続けた。

　父親の生命と直樹の叫びはあっという間にかき消された。だが、三宝金属の煙突からは、いつものように黒煙が上がり続けていた。

2

　グレーのブルーバード・バンが市民体育館前に横づけされた直後、美奈子は勢いよく助手席のドアを開けた。後部座席からは七歳とは思えないほど太った少年が飛び出した。

「お嬢、専務には内緒だ、いいね。あとは受付に行ってチケットと手紙を見せればオッケーだ。ちゃんと話は通っているから」

「うん、分かった。六時半にリングサイド席で待ってる。ありがとね、太田さん」

ドアに『菊田金属工業』と記されたライトバンを降りた美奈子は、幼い潤一郎の手を引いて正面玄関を駆け抜けた。会場入り口脇には、『帝国プロレス』とボディーいっぱいに垂れ幕をつけた大型の観光バスが二台、その隣には、一〇トントラックが二台横づけされている。トラックの荷台からは、若手レスラーが二人、そして、現地調達されたアルバイトが三人、大型のスピーカーセットを運び出している。一九八七年一〇月、帝国プロレスの『スーパー・エキサイト・シリーズ』の地方巡業がこれから始まる。

「潤ちゃん、楽しみ？」

こくりと頷いた潤一郎の視線は、半開きになった体育館の扉の内側に向けられている。

「太田さんと興行主の竹田さんが友だちだから、特別に練習見られるって」

潤一郎の手を引きながら、美奈子はポケットから特別招待券を取り出し、係員に渡した。係員は、一瞬怪訝《けげん》な表情を浮かべたが、添えられた手紙を見ると顔つきを変えた。係員に促されるまま、二人は体育館の扉の内側に足を踏み入れた。

「大和田、ご案内して」

体育館の扉横で、ヒンズースクワットで大粒の汗を流している若手レスラーを捕まえると、係員はまた受付に戻った。大和田と呼ばれた若手は、意外にもやさしい声で一人を迎え入れた。

「どうぞ、お嬢ちゃんたち。誰に会いたいの？」

「テッド」

潤一郎がご贔屓《ひいき》レスラーの名前を叫んだ。

テキサスの暴れ馬こと、テッド・フォーリーが潤一郎のお目当てだ。だが、大和田は美奈子の眼前で頭を振った。

「テッドは控え室に戻っちゃったんだよ。ディッキーなら、あそこにいるよ」

大和田は、設営されたばかりのリングの向こう側、体育館のステージを指さした。緞帳《どんちょう》脇には、上半身裸で、ビール缶を構えたディッキーがのんびりと若手レスラーの練習を眺めていた。〝狂犬〟ディッキーは、垂直落下式のブレーンバスターが決め技の有力選手だ。

美奈子の手を離した潤一郎は、一目散にステージに向かって駆け出した。場違いな小学生の登場にディッキーはとまどいの表情を浮かべたが、すばやくステージを下りると、巨体を折りかがめ、膝を折って視線を下ろした。

「ボク、ナマエハ？」

「潤一郎、本条潤一郎！」

「ジュンヌ・イッチロー？　ジュン？」

「そう、潤だよ！」

「ディッキー、スキデスカ？」

うん、と潤一郎が力強く頷いた瞬間、ディッキーは潤一郎を軽々と肩まで持ち上げ、リング方向に向かって歩き出した。ディッキーはゆっくりとリングサイドを一周した。

体育館脇通路から、巨大なスピーカーセットを運び込んでいたアルバイト学生たちも二人の様子に見入っている。ファンサービスの一環として、子供と有名レスラーが直《じか》に接する機会が多いのだろう。練習中だったほかの若手レスラーもディッキーと一緒に潤一郎の相手を始めた。

美奈子はリング脇に両肘《ひじ》をつき、周囲を見回した。

先ほどの係員と大和田は、せわしく会場入り口とトラックの間を行き来している。一二歳と七歳、幼いＶＩＰたちを案内していた大和田は、やさしい表情を一変させ、学生たちに向け、凄みを効かせた声を出した。

「さっさと運んじまえよ。間に合わねエぞ」

潤一郎とディッキーに見入っていた三人のアルバイトのうち、二人はそそくさと荷運び作業に戻った。だが、残る一人、大きめの絆創膏を額に貼り付けた小柄な学生だけは、リングサイド脇の光景を射るような視線でにらみ続けていた。

第1章　蠢動

1

残暑どころではない。降りそそぐ日差しは、依然として真夏そのものだ。

九月中旬の昼下がり、ＪＲ目黒駅に降り立った菊田美奈子は、頭上の太陽光線をにらみつけ、眉間に皺《しわ》を寄せた。

新聞記者になって九年が経《た》った。入社後二年間の地方勤務を終え、東京本社・経済部に配属された。経済記者として勤務を命じられたのが東京証券取引所の兜記者クラブだった。

金融緩和の効果で株式市況は上向きかけていたが、美奈子の気持ちは一向にさえなかった。

権之助坂を山手通り方向に向けて歩き始めた。急な勾配の坂道を下る途中、さんまを焼く炭火があちこちで青色の煙を上げ、香ばしい匂いが美奈子の鼻を強く刺激する。

歩道脇には大型のコンロが据え付けられ、地元商店街が「さんま祭り」を開催していた。

ウィークデーにもかかわらず、幼い子供を連れた家族連れや、近所のＯＬたちがプラスチックの皿に焼きたてのさんまを乗せ、一心不乱に箸を動かしている。

美奈子は坂を下り続けた。坂を下りきったあたりで、視線の先に目黒新橋が入った。美奈子は番地表と携えたメモを見比べ、目的地の雑居ビルを探した。目黒区下目黒二丁目○△番地、一階が設計事務所のビルだ。

大鳥神社に続く商店街の一番端に、目的のビルは見つかった。

美奈子の額には、大粒の汗が浮かんだ。細い階段の先を見据えると、グレーのジャケットを小脇に抱え、美奈子は細く急な勾配を登り始めた。

五階にたどり着くと、薄いベージュ色のドアが見えた。しかし、ドアには表札らしきものは見当たらない。一瞬逡巡《しゅんじゅん》したが、美奈子は思い切ってドアをノックした。

◆

「お入りください」

若い男の声がドアの向こう側から聞こえた。部屋に足を踏み入れると、大量のファイルを納めたアルミ製キャビネットが見える。キャビネットの脇を左に折れたところで、若い男が姿を現した。

「大和新聞の菊田さんですね」

招き入れられた部屋は、小さなスペースだった。畳一五帖ほどの正方形の部屋の奥、通りに面した窓側に大型のスチール机が据えられ、四〇代後半の男が書類に目を通している。男の横にも大きなキャビネットがあり、ぎっしりとファイルが詰まっている。

「どうぞ、おかけください」

男は美奈子に視線を向けぬまま右手を差し出し、スチール机前の簡易応接セットに座るよう、低くくぐもった声で促した。

書類から目を上げた男は、美奈子の対面の席に歩み寄ってきた。身長一六五センチ程度、額が大きく後退している。獲物を探す猛禽類のような鋭い目が光っていた。美奈子は慌てて立ち上がった。身長一七〇センチ、ヒール分を合わせると、優に一八〇センチ近くなる。バツの悪そうな表情を浮かべた男は背広から名刺を取り出した。やや厚めの紙片には『警視庁刑事部捜査第二課警部　東山幸芳』と記されている。

「我々はいわゆるＶＩＰと呼ばれている人たちも取り調べしています。あちこちにこうしたオフィスを借りて、話を聞いているのです」

目付きの鋭い刑事が言葉を継いだ。

「しかし、大手マスコミ経済部所管の兜記者クラブの運営もいい加減なんですなぁ」

「二〇〇〇社近い上場企業の会見窓口になっているんです。それに私は被害者です」

「被害者は株で損を被った一般の投資家です。あなたは片棒を担いだと疑われてもしょうがない立場にいる。その辺をわきまえてほしいですな」

疑いを晴らすまでは我慢するしかない。美奈子は膝に両手を添え、頷いた。

◆

警視庁の知能犯担当の捜査二課に呼び出されたのは、東証一部上場の高級中華料理レストランチェーン、西大后の株価操縦事件に巻き込まれたのが原因だ。

「もう一回聞きますが、松山肇はあなたを指名して会見の申し入れをしてきたんでしょ？　大和新聞には、キャップの素永記者、横川記者、そしてあなたと計三人の記者が所属していた。でも松山は、あなたを名指しした。奴らとつながりがあると疑われてもしょうがないことだとは思いませんか？」

「本当に松山とは何の面識もなかったんです」

「そうかな？　都合よすぎではありませんか？」

「うそは言っていません。それにこの種の案件は証券取引等監視委員会の領分でしょう？　松山が詐欺でも働いたのですか？」

「それはあなたが考えることじゃない」

一時間近く東山との会話は平行線をたどっていた。手元のノートに視線を落としたままで、若い刑事が助け船を出してくれる気配は全くなかった。

「ひとまずあなたの言い分が正しいということにしておきましょう。ところで、この男を知っていますか？」

東山は、手元のクリアファイルから、隠し撮りした男の写真を取り出した。望遠で撮られた写真には、三〇歳代後半の男が繁華街を一人で歩いている姿があった。

「誰ですか？」

「それなら結構。この写真を見たことも忘れてください」

東山は美奈子の手からさっさと写真を回収した。ブラックのスーツに品のよいドレスシャツ。望遠ではっきりしなかったが、目つきは鋭かった。左目の上に痣《あざ》のような影があった。

美奈子は首を傾《かし》げた。男に関する記憶はなかった。

2

『只今より、本日の第二試合三〇分一本勝負を行います！　青コーナーより、巽《たつみ》光太《こうた》選手の入場です!!』

リングアナウンサーの甲高い声が後楽園ホールに響き渡ると同時に、照明が落とされ、クイーンの「ボーン・トゥ・ラブ・ユー」のイントロが耳をつんざくような大音量で流れ出すと、会場のあちこちから、女性客の黄色い歓声が飛び交った。

後楽園ホール南側、特等席のリングサイド最前列に陣取った美奈子は、手元のパンフレットに目をやった。

「巽光太、UEWのイケメンレスラー／東京都／一八八センチ、一〇五キロ／A型／得意技：バックドロップ」

美奈子の口元は、自然と緩んだ。一五年ぶりのプロレス観戦、しかも、手配してもらった特等席だ。

フレディ・マーキュリーのハイ・トーンが聞こえ始めたと同時に、美奈子は花道左後方の入場口を見つめた。その直後、白いロングタイツ姿の巽光太の姿が視界に入った。

◆

「大入り満員、二〇〇〇人は入っているな……」

本条潤一郎は、観客がぎっしり詰め込まれたホール全体をリングサイドの関係者席から見渡した。ＵＥＷ（ユニバーサル・エキサイティング・レスリング）の年明け興行は、正月三日のディファ有明を皮切りに、全国一五の主要都市を回って、今日の後楽園ホール大会で打ち上げとなる。

三年前、大学卒業と同時にＵＥＷに入った。子供の頃からのプロレス好きが高じ、メジャー団体のフロント業務を担うようになった。営業企画課という部署に就いている関係上、有力なタニマチ筋、あるいはテレビ中継のスポンサー関係者にチケットを手配する役割も果たしていた。

潤一郎は客席に故郷の幼なじみの顔を見つけた。美奈子の周囲には、ＵＥＷの有力支援者たちの顔が並んでいた。不動産投資業の社長はホステスを連れ、著名な整形外科医は愛人を同伴していた。その他にもプロ野球選手や知った顔が見えた。だが、一人だけ初めて見る顔があった。

潤一郎がわずかに首を傾げたとき、リングアナウンサーの声がひびいた。

『赤コーナーより、ボンゴ鈴木選手の入場です！』

会場全体がブーイングの波に覆われる。巽の対戦相手は、ベテラン・ヒールのボンゴ鈴木だ。潤一郎は、対角線上の花道をにらんだ。

◆

ブーイングの渦と北島三郎の「兄弟仁義」に乗ってボンゴ鈴木が入場してきたときだった。

「報道の方ですか？」

美奈子は左隣の席に座っていた男から唐突に声をかけられた。男は、小柄ながらも分厚い胸板をダークスーツに包んでいる。一重の目は鋭く、左眉の上には五百円硬貨大の青黒い痣があった。興行につきものの、その筋の人間か、あるいは武道家か。

「ジャケットに『Press』のバッジが付いていますよ。それにネックストラップの下には、国会記者記章がある」

美奈子は慌てて胸元に視線を落とした。男の言う通り、ジャケットの襟には、青色で楕円形のプラスチック板に「Press」と白抜きされたバッジが付いたままだった。

美奈子が男に視線を戻したとき、既に第二試合が始まっていた。

リング上に目をやると、巽とボンゴが激しくぶつかり合っている。

アトミック・ドロップでボンゴ鈴木の膝にしたたかに尻を打ち据えられた直後、巽はリング上をのたうち回った。

うめく巽を無視し、ボンゴ鈴木が側頭部にサッカーボール・キックを見舞った。鈍く、重い音が会場全体にも響き渡った。

不穏なムードを察知したレフリー兼マッチメーカーのコンドル八田が、慌ててボンゴ鈴木を制止するが、暴走は止まらない。さらに四発のキックが続いた。

その直後巽が髪をわしづかみにされ、無理やりリングに立ち上がらされた。

巽は頭を強く振ると、ボンゴ鈴木のスキンヘッドに頭突きを入れ、引っこ抜きバックドロップを見舞った。大の字になったボンゴ鈴木を立ち上がらせると、巽はボンゴ鈴木を肩口まで持ち上げてロープ際に歩いた。

「よせ、巽」

コンドル八田の声を無視し、巽はトップロープ越しにボンゴ鈴木をリング下に投げ捨てた。

荒っぽい展開に、美奈子は目を見張った。

「何かありましたね。これじゃ、遺恨マッチだ。レフリーが完全にとまどっている」

隣の席で試合を凝視していた男がつぶやいた。

美奈子が問い返そうとしたとき、美奈子の目の前にボンゴ鈴木が降ってきた。直後、目を血走らせた巽がリング下に降り立った。

「危ない。避けた方がいい」

男はそう言うと、席を離れるよう目で促した。

大の字になったボンゴ鈴木の上に馬乗りになると、巽がマウント・ポジションを取り、顔面にパンチを振り下ろし始めた。

コンドル八田はエプロン脇で場外カウントを取っていたが、やがて首を振ると本部席に向かってゴングを打つよう指示した。ノーコンテスト、無効試合だ。ゴングと同時に、若手レスラーが七、八人、もみ合っている巽とボンゴ鈴木を引き離しにかかった。

しかし、若手を振りほどいた二人は、今度は鉄柵脇で殴り合いを始めた。

「わッ、危ない」

美奈子が席を立とうとしたとき、もつれ合った二人の大男が観客席になだれ込んできた。美奈子は間一髪、体一つで東側通路まで逃げた。なおも二人は、美奈子のいた席付近で殴り合っていた。

美奈子の視線の先には、ボンゴ鈴木に踏みにじられたコート、そして巽の足元には、ノートパソコンを入れたコーチのブリーフケースが口を開けている。おまけに書類や名刺入れも散乱していた。

美奈子の耳には、激しく打ち鳴らされるゴングの音が響き続けた。

3

潤一郎は、ＵＥＷ六本木本社裏、合宿所の自室で背中を丸めて机に向かっていた。一月の新春シリーズを終え、ＵＥＷはつかの間のオフに入った。

幅広い人と交流ができるようにとの親の意向で東京の私立中学、高校と進んだ潤一郎は、有名私大に学んだ。家業を継ぐと安心し切っていた両親を裏切る形で、ＵＥＷに入った。七歳のころ、ディッキー・マッケンジーに魅せられ、十年間の約束でショービジネスの世界、プロレス界に飛び込んだ。

フロント業務をこなした潤一郎は、パソコンを起動させた。

キーボードをすばやくたたくと、口座を開いているネット証券の顧客ページにアクセスした。安月給を補う目的で始めた株式投資は、いつしか日課になっていた。

潤一郎は出来高ランキングをクリックした。画面には東証一部だけでなく、全取引所の上位銘柄が一括表示された。

ネットディーラー御用達の値動きの荒いベンチャー銘柄など上位三銘柄のランキングは初心者の潤一郎にも分かりやすい内容だった。しかし、ランキング四位には、なじみのない銘柄があった。「西大后」という企業の株式だ。
《大田一族がオーナーの老舗《しにせ》中華料理レストランチェーン。本社：東京都新宿区。首都圏のほか、全国の政令指定都市に六〇の店舗を持つ。浮動株比率……》
前日までは二万、もしくは四万株程度の薄商い。しかし、今日は一気に三〇〇万株の大商いとなった。潤一郎は企業情報の上にある「ニュース」の項目をチェックした。ネット証券と提携している外資系通信社、株式専門紙のニュースがそれぞれ一本ずつ並んでいた。
潤一郎は、株式専門紙のニュース画面をロードした。
《銘柄ナビ――西大后。十数年前に動意づいたかつての仕手銘柄が突然急騰し、ベテラン証券マンら玄人筋の話題をさらった。商いが膨らんだ背後関係は定かではないが、複数の仕手筋が手がけ始めたとの情報が兜町の契約ディーラーの間で広がり始め、次いでこの噂話がネット掲示板に流れ、急伸した》
手元の電卓を叩いた。この日、西大后株式の安値は八一〇円、高値は九〇〇円だった。仮に安値で三〇〇〇株買い、高値で売り抜けていたら、たった一日で二七万円の儲けになっていた。
はじき出された数字を見て、潤一郎は口笛を鳴らした。しかし、仕手銘柄は、値動きが激しい。収益機会は多いものの、株価が急落したり、流動性が枯渇するリスクが大だ。手軽な小遣いかせぎ、そして中古のゴルフの維持費捻出のための投資では、触ってはならない銘柄だ。

4

企業情報と株価情報を発信する東証の兜記者クラブは、多種多様な情報の発信地として、多忙を極めていた。連日の夜回り、そして早朝からの市況当番で菊田美奈子はへばっていた。

「菊田さん、ちょっとこのファクスに目を通していただけますか？」

美奈子のもとに、アルバイトの川本修平が不安げな顔で歩み寄ってきた。キャップの素永達哉は早々に大手証券幹部と夜の街に出かけ、サブキャップの横川も九州に出張中だった。

美奈子は、手渡された用紙に目を通した。見慣れたプレスリリースと違い、異様な書式だった。

『老舗中華料理レストランチェーン西大后の発行済み株式の一五％を取得し、本日付で関東財務局に株式大量保有報告書を提出、大株主となったことをマスコミ各社の皆様にご通知申し上げます。同社株式のさらなる買い増し等、詳細につきましては後日、改めて連絡させていただく予定です。会社役員・松山肇』

「何これ？」

タイミングよく、川本がもう一枚の用紙を差し出した。

見慣れた書式、財務局が発行している株式大量保有報告書のコピーだ。特定の株式公開企業に対し、発行済み株式の五％を超える株式を取得した株主は、その数と保有割合を財務局に届け出る義務がある。

「全社に同じ資料が送りつけられたようです」

もう一枚の用紙には、財務局の受領印が押されていた。

「事実だったら、あすの商いで西大后株は急騰するわ」

東京証券取引所三階にある兜記者クラブは、主要な新聞や通信社、テレビ局の経済担当記者が常時八〇人近く詰めている一大取材拠点だ。役員人事から決算資料、あるいは新商品の発表など、株価に影響があると思われるものはすべて情報開示を行う。膨大な資料と記者会見の交通整理のため、クラブ詰めのメディアは毎月持ち回りで幹事役を担っている。

「今日は彼氏と焼肉を食べにいく予定だったのに」

幹事月になると、先輩記者は何かと用事を作ってクラブを空ける。

美奈子はようやくみつけた〝本命〟の男、シュルツ証券のアナリスト、三村雅広の顔を脳裏に浮かべた。一枚の紙切れが三村との距離をさらに広げていきそうな気がした。

「これが本物かどうか確かめなきゃね。川本君、悪いけど電話番号を調べてくれないかな」

美奈子は素永、横川、そして本社デスクに緊急会見が開催されそうな旨を書き、メールを送信した。

主要メディア各社に対し、得体の知れない資料が行き渡っていると考えれば、幹事として早めに仕切り役を務めなければならない。突然大量の株を買い占められた企業側と、松山とかいう人物に会見要請を行い、唐突な買い占め劇の詳細情報を投資家と読者に届ける必要がある。川本は備え付けの上場企業の連絡先リストから、早速、担当者の洗い出しにかかっている。

「今が四時半だから、六時には会見を開けるよね」

美奈子の手元に、川本がコピーしてきた企業情報のデータが届いた。

『新宿駅東口に本店を構える老舗の中華料理レストランチェーン。大正一二年創業。全国政令指定都市の駅前一等地に支店網を張り巡らせた一大レストラン。オーナー一族である大山家が三〇％強の株式を保有』

美奈子が資料に目をやったとき、東証の適時開示情報伝達システム「ＴＤｎｅｔ」をチェックしていた川本が叫んだ。

「西大后が東証に主要株主の移動を報告しましたよ！　プリントアウトします」

西大后のリリースには、自称・会社役員の松山が指摘した通り、一五％の株が移動を完了した事実が簡潔に記されていた。西大后のリリースを横目に、美奈子は、松山本人への接触を試みようと考えた。

「送りつけられてきた資料に連絡先を書いたカバーレターがあるでしょ？」

「それがないんですよ」

「この新しい大株主に連絡するのは……」

「先ほどＮＴＴの番号案内に聞いたのですが、登録がないそうです」

三村とのデートは完全におあずけだ。美奈子がそう考えたときだった。

「大和さん、西大后の件、幹事として仕切ってくれないか」

美奈子が振り返ると、東京日日新聞のサブキャップが同じ用紙を携えて立っていた。

「これから会見の要請をしてみます」

東京日日だけでなく、各社ともに苛立《いらだ》ち始めている。手元の受話器を取り上げた美奈子は、西大后の広報担当者の直通番号をプッシュした。

西大后広報室は、電話越しでもがやついている様子がうかがえた。

〈申し訳ありません。先ほど東証に情報開示のリリースを出すのが精一杯でして〉

「今、お電話を差し上げているのは、大和新聞としてではなく、クラブの幹事としての会見要請なんです」

〈ウチとしても、財務局のデータが本物だと確認しただけなんですよ。今の段階で会見なんてとても無理です〉

「では、松山という人物のことは？」

〈ウチも全く素性がつかめません。御社ではどうです？　連絡先ご存じないですか？〉

「把握していません。では、記者クラブ全体にはどう告知しますか？　正直申し上げますと、緊急会見の要請がきていまして」

〈会見で何を聞かれても、記事になるような情報をお出しできないんですよ〉

電話は一方的に切られた。

美奈子は受話器を置くと、川本に素永の携帯電話を鳴らすよう指示した。だが、川本の答えはつれなかった。

「机に置きっぱなしです。先ほど、横川さんの携帯も鳴らしてみたのですが、地下にでも潜っているのか、通じませんでした」

美奈子は腹をくくった。大和新聞のブースを抜け出し、兜記者クラブの受付席に向かった。

美奈子は、備え付けのマイクのスイッチを入れた。

「西大后に緊急会見の要請は行いましたが、現状では無理です」

アナウンスを終えた直後、通信社やテレビの記者がぞろぞろと受付席に集まってきた。

「会見やらせなきゃ、ダメだよ」

「仕切りが悪いんじゃないのか」

次々に罵声が浴びせられたが、これ以上は無理だった。会見告知を行うホワイトボードに向かうと、赤のマジックペンを握り、簡単にことの経緯を書き出し始めた。

紅潮した面持《おもも》ちのまま大和のブースに戻った美奈子を、受話器を手に持った川本が待ち構えていた。

「菊田さん、東京商業データバンクの角上《つのがみ》情報部長です」

すがるような思いで、受話器をひったくった。

〈素永ちゃんにはいつも世話になっているから、いいこと教えてあげる〉

「何を教えてくださるんですか！」

〈大したことじゃない。買い占めをやった松山肇、会社役員ってことになっているけど、実体はない。ペーパーカンパニーの役員で、金融ブローカーの使い走りみたいな奴だ〉

「連絡先はご存じですか？」

〈０４４−△○○−■○××、川崎だな〉

角上は一方的に電話を切った。美奈子は情報にすがるしかなかった。

ダイヤルすると、三回目の呼び出し音が鳴ったあと、老女が出た。電話取材の意図を告げると、老女は言い切った。

〈肇とはもう一五年も会っておりませんし、連絡も取っておりません〉

それだけで、電話は途切れた。ワープロソフトを立ち上げると、美奈子は西大后株式が突然買い占められたことだけを記す短い記事を書き始めた。

5

突然の買い占めが明らかになった翌日、西大后株式は寄り付き前の成り行き段階から大量の買いを集めた。
《西大后　差し引き10万株の買い、９１０円買い気配……》
美奈子の手元にある大和新聞の電子情報端末、ストリームの株価情報画面には、にわかに動意づいてきた西大后株式に関するヘッドラインが躍った。
松山肇がなぜ西大后株式を大量に取得したか、理由が分からぬまま、気配値だけが切り上がっていく。

「菊田さん、ファクスです！」

スクラップ整理をこなしていた川本が叫んだ。

「今度は何？」

「また松山ですね」

届けられたファクスには、またも異様な文言が並んでいた。

『マスコミ各社御中　先般西大后の大株主となった松山肇です。巷間、私とイトヨリ事件で有名な金融ブローカー・金宇中氏との間で、親密な関係があるとの憶測を流す不特定多数の投資家がいますが、同氏と私、また西大后は一切関係がございません。　以上　松山肇』

「こんなリリースを出したら、一層思惑が広がるのに」

美奈子が呟いたとき、禁煙パイプをくわえたキャップの素永が出勤してきた。素永は、証券会社のアナリストから一五年前に新聞記者に転じた変わり種だった。

美奈子からファクス用紙をひったくった素永は、パイプを噛みながらつぶやいた。

「無視するしかないな。昨日も会見を開かなかった奴だ。オレたちは広告代理店じゃない」

「でもキャップ、他社が速報でも出したら」

素永の横で、バイトの川田が再び叫んだ。

「菊田さん、三番にデスクからです！」

電話に出た美奈子にデスクの声が響いた。

〈ヘルマン通信が松山に関するコメントを出したが、ウチは何をやっているんだ？〉

「ウチにもコメントは届いているのですが、これは記事にする必要はないかと」

〈ヘルマンが速報して、何でウチが字にしないんだ！〉

美奈子の肩を素永が叩いた。

「こんなモン、記事にしてもしょうがないですよ。株価がいいように煽られるだけだ。無視です、無視」

力強く電話を切ったものの、素永の顔が曇っている。

「こりゃ、単なる仕手戦じゃないぞ」

「どういうことですか？」

「去年の秋口あたりから、関西の仕手筋が西大后株を仕込んでいたっていう情報はあったんだ。だが、仕込んでいるって言われている H って奴は、こんな手の込んだ仕事はしない。誰かがウラで糸を操っている」

美奈子が頷いたとき、速報ニュースの赤い文字がモニターに刻まれていた。

《西大后　１０００円ストップ高買い気配》――。

6

「入れ」

ＵＥＷ社長、タイタン佐伯のドスの効いた声がドアを通して響いた。

タイタン佐伯。長らく日本のプロレス界を支配してきた帝国プロレスの総帥、レンジャー小林の秘蔵っ子だったベテランレスラーだ。

レンジャー小林が胃がんで死去したあと、帝国プロレス所属のレスラー二五人を引き連れてＵＥＷを設立し、レスラー兼実業家となった。

タイタン佐伯は、帝国時代のメキシコ修行を経て、ディズニーの人気映画「ライオン・キング」を模したマスクマン、「レオマスク」として人気を集めた。

ドアを開けると、先客二人がいた。大振りな応接ソファーには、恰幅がよく、彫りの深い初老の外国人が微笑《ほほえ》み、その傍《かたわ》らには小柄ながらもがっしりとした体格の男が座っていた。

「こいつがフロントの本条潤一郎です」

佐伯の左後方に立った潤一郎は、二人の客に顔を向けた。

「沼島さん、当社のＩＰＯにあたってはよろしくお願いいたします。つきましては、お礼と言ってはなんですが私の友人ロドリゲスをご紹介します。存分にご活用ください」

直立不動の姿勢のまま、潤一郎はタイタン佐伯の言葉を聞いていた。すると、沼島と呼ばれた男が口を開いた。

「巽選手、見所がありますね」

「次期シリーズから本格的に売り出しをやります。『巽・試練の七番勝負』ってことで、外国人のヒールやら、他団体の有名レスラーにぶつけます。最後はタイタン佐伯が相手です」

沼島という客は、小柄な男だったが胸板が分厚い。穏やかな笑顔とは対照的に、切れ長で一重の目は冷たく光っていた。左目の上には丸く、青黒い痣があった。

一月興行締めくくりの後楽園ホール大会の特別リングサイド席には、新興不動産投資会社、『浪越』の高橋社長、美奈子と知った顔が並んでいた。なじみのない招待客はこの男だった。

潤一郎が一瞬とまどった表情を見せた直後、沼島が小声でささやいた。

「あの日はどちらがブックを破ったんですか？」

◆

潤一郎は、佐伯と沼島、ロドリゲスのスリーショットの記念写真をデジカメで撮ったあと、二人を玄関まで見送り、社長室に戻った。佐伯はソファーに腰を落ち着けながら切り出した。

「沼島さんだが、今後ウチの後ろ盾になってもらう人だ。失礼のないようにな」

「どんな方なんですか」

「金融コンサルタントだ。ウチの中継のメインスポンサー、浪越の高橋社長から紹介された」

佐伯は名刺入れから沼島のカードを取り出し、潤一郎に差し出した。

㈱スワロー・アソシエーツ　代表取締役・コンサルタント　沼島直樹」

あの冷たい眼差《まなざ》しは、決して一般人ではない。潤一郎は直感的にそう感じていた。

「IPOの話がありましたけど、本当ですか？」

「複数の新興市場から誘いがある。どこに上場するか、あるいは、どの証券会社を使うか、沼島氏にアドバイスしてもらおうと思っている。これからのプロレスは、明確にビジネスとしての仕組みを整えなきゃならない。昔みたいにテレビの放映権料、興行収入だけじゃ、乗り切れない」

「それで、ロドリゲスさんはどういう仕事をされるんですか？」

「おまえが知らなくてもいい話だ。近いうちにロドリゲスの運転手をしてくれればいい」

佐伯は沼島に何らかの見返りを要求されているのか。なぜ佐伯がメキシコ修行時代に世話になった興行主、ロドリゲスを利用するのか。

「ところで、沼島氏はおまえに何て言ってた？」

「先月の最終戦、巽とボンゴさんの試合なんですが、どちらがブックを破ったんだと」

「彼はそういうことまで知っているのか」

ブック破り、つまりマッチメーカーが用意した当初のシナリオを無視する形で試合を進めるのは、ＵＥＷではご法度中のご法度だった。

佐伯の顔が強張る前に、潤一郎は口を開いた。

「では、ロドリゲスさんの運転手を務める際は、教えてください」

得体の知れない〝ビジネス〟という重い荷物を背負い込むことになり、潤一郎は陰鬱な気持ちのまま社長室を後にした。

7

週明け月曜の午前八時。普段よりも早めに出勤しようと、美奈子は茅場町駅を出て、東京証券取引所を目指した。

製薬会社のビルと地場証券の間の細い小路を抜け、東証の南玄関前にさしかかったときだった。日本橋方面から来た黒いジャガーＸＪＲが東証の夜間出入り口の前で急停車した。直後、後部座席のドアが開き、日の出新聞のサブキャップが降り立ち、東証に吸い込まれていくのが見えた。

美奈子はサブキャップの後ろ姿を見ながら兜クラブに足を向けた。人気《ひとけ》のない受付席脇、資料投函ボックスに放り込まれた証券業界紙を取り出すと、一面トップには、スポーツ新聞さながらの五段ブチ抜きの大見出しが躍っていた。案の定、西大后に仕手筋が介入したとの観測をはやした毒々しい見出しだった。

新聞を畳み、他の一般紙の経済面、そして市況面に目を通し始めたとき、大和新聞の直通電話がけたたましく鳴り始めた。

〈もしもし、菊田さんですか〉

「はい、そうですが」

〈松山肇と申します。いつぞやはご迷惑をおかけしましたね。今日は幹事社の大和さんにお願いがありまして〉

探しても連絡先さえ見つからなかった松山本人からの電話だった。美奈子は身構えた。

〈私が大株主になった西大后ですがね、今度、私がTOBをやりますので、一応ご挨拶をしておこうと思いましてね〉

「TOBをやられるからには、直ちに会見を開きませんと。松山さんは本日何時くらいに東証にいらしていただけるのでしょうか？」

〈今日は会議やら銀行回りで忙しいので、会見なんかできません。あすにでも代理人の弁護士が記者クラブに出向きますよ〉

「ちょっと待って。あなたは既に西大后の大株主なんですよ」

〈とにかく、会見はあすやりますから、今日のところは記者クラブでいうエントリーってやつだけお願いしますよ〉

「それじゃこちらも困るんですよ。会見は必ず今日、しかもすぐにやっていただかないと。仮にも上場企業に対してTOBをかけるのであれば、ルールに則《のっと》った動き方をしていただかないと」

〈だからさ、会見をやらないとは言っていないよ。方針に間違いはないんだ。一応、私の携帯電話の番号をお知らせしておきますから、あす、午後にでも会見を設定してくださいよ〉

松山は一方的に電話を切った。

美奈子の背後で、ファクスが着信を告げるブザーを鳴らした。

「菊田さん、またファクスが」

美奈子が振り返ったとき、出勤したばかりの川本が待ち構えていた。松山が書き記した一方的なメッセージだった。

美奈子は受付席に向かい、マイクを通じてクラブ中にアナウンスを始めた。

直後、内外の通信社が速報で西大后に関する突発ニュースを伝えた。次いで、東証の担当者が西大后株式の売買を停止すると発表した。

会見予定の告知、東証の発表と立て続けにニュース素材がもたらされ、兜記者クラブの各社ブースは一気に熱気を帯び始めた。

「会見があすって、どういうことだ？」

「こんなの前代未聞だよ。幹事は何を仕切ってたの！」

「買い付け価格、買い付け予定株数も公表せずに、何がＴＯＢだ。こんなのありかよ」

午前九時半になると、各社の記者たちが出勤し始め、聞こえよがしの罵声、嫌味が美奈子の耳に飛び込んできた。

大和のブースに戻った美奈子は、ストリーム端末に目を向けた。売買再開を見越す形で、西大后株式にすさまじい数の買い注文が殺到している。もし仮に、松山やその背後にいるであろう仕手本尊がこのタイミングで売り抜けの準備をしていたらどうなるのか。

強く頭を振った。記者クラブを通じた情報開示のシステムは、すべての投資家、そして読者に公平に情報が行き渡るように作られた善意の仕組みだ。これを逆手に取る人間がいないという前提で会則が定められている。

美奈子はワープロソフトを立ち上げると、猛烈な勢いで明日、ＴＯＢに関する予告会見が開催される旨、記事を書き始めた。

8

本社で東海地方のプロモーターとの打ち合わせを終えた直後、潤一郎は内線電話で社長の佐伯に呼び出された。

応接セットではタイタン佐伯と向かい合って先客がコーヒーを飲んでいた。

「ロドリゲスさん、おはようございます」

「おはよう潤ちゃん」

ロドリゲスは、流暢《りゅうちょう》な日本語を操るメキシコ人だ。帝国プロレス時代には、「エル・プランチャー」のリングネームで一世を風靡した人気覆面《ふくめん》レスラーだった。タイタン佐伯がメキシコ修行時代、世話になったプロモーターとしての顔も持つ。初来日から三〇年、もともと頭の回転が速い上に、日本人を妻にめとったことから、読み書きを除けば、日本語に何の問題もない。

「本条、一日、二日の間でスペイン語の同時通訳をやってくれる人間を至急見つけろ」

「何のためにですか」

「ロドリゲスのためさ」

「ロドリゲスさんは日本語ペラペラじゃないですか」

「いつから俺に指図できる身分になった？」

潤一郎は慌てて頭を下げると、ロドリゲスに視線を向けた。ロドリゲスは口元を歪め、薄笑いを浮かべている。

「契約期間は、一週間だ。金はいくらかかってもかまわんが、口の堅い人間にしてくれ」

頭を下げたあと、潤一郎は社長室を出た。

階段を降りながら、潤一郎は首を傾げた。佐伯の様子が変わり始めたのは、あの沼島とかいうコンサルタントが現れてからだ。冷めた目を持つ男が、どんな仕事をしているか、潤一郎には想像がつかなかった。

自席に戻った潤一郎は、ウェブ上で「通訳」の項目を探した。

五件目の通訳事務所で、ようやくスケジュールに空きのある老通訳をみつけた。日給七万円の条件でなんとか予約を入れ終えると、潤一郎はずっと気になっていた西大后の株価動向を見るため、ネットの株式投資の掲示板に飛んだ。

次いでネット証券の注文ページに飛んだ。西大后のコード番号を入力した。買い板はびっしりと注文が並んでいる。

中古のゴルフの車検が迫っている。西大后株式の値上がりに託せば、一気に新車に買い換えできるかもしれない。外車ディーラーのホームページとネット証券の画面を三回行き来したあとで、潤一郎は成り行きで一〇〇〇株の買い注文を入れた。

9

「何度も説明させていただいておりますが、ＴＯＢの方針のみが決まったということです。私の口から申し上げられるのは、これ以上でも以下でもございません」

西大后の筆頭株主松山から一方的な電話連絡を受けて五日後だった。午前一〇時、兜記者クラブ横の第一会見室では、カメラのライトが熱を帯びるとともに、記者の質問も厳しいトーンに変わってきた。だが、うだつの上がらない経理マンといった風情の老弁護士・笠松佐吉は、一向に動じることなく、淡々と同じ文言を繰り返した。

全く議論が嚙み合わない。メモを取りながら、美奈子は老弁護士の表情をうかがった。

カメラの前に姿をさらしたくないという理由で、松山肇は会見の場に来なかった。ＴＯＢを宣言するにあたって、必要不可欠とされる最低限の条件、買い付け株数、買い付け期間、買い付け価格に関してもついに明かされなかった。

　老弁護士は、自らの言い分を主張し終わると、食い下がる記者を振り切ってさっさと会見室を後にした。

「怪しいな。昔のツテをたどって調べてみる」

　美奈子とともに会見に出ていたキャップの素永も首を傾げていた。

「松山の背後に仕手筋がいるのはまず間違いないが、奴らは普段、ここまで手の込んだことはしない」

　素永は着古したツイードのジャケットを抱え、記者クラブを後にした。

　長年証券業界に身を置いていた素永でさえ首をかしげる会見だった。松山や笠松弁護士の背後にうごめいているのは何者なのか。また、何が目的なのか。美奈子の脳裏には次々と疑念が湧いてきた。

◆

　大いそぎでTOBの原稿をデスクに上げたあと、美奈子は東京証券取引所に程近い蛎殻町の焼肉屋に入った。ランチメニューのカルビ定食を頬張った途端、携帯電話がけたたましい着信音を鳴らし始めた。

〈菊田、緊急事態だ。すぐ戻れ〉

「何かあったんですか」

サブキャップの横川記者からの電話は一方的に切れていた。

ブルガリの腕時計を見ると、時刻は午後一二時二〇分だった。夕刊の締め切りまであと一時間ある。

記者クラブに戻ると、資料投函ボックス脇の告知板の前には、人だかりができていた。

『各社注意』と太い赤字で記されていた告知は、目を疑うような内容だった。

『ＴＯＢ延期について松山氏代理人の見解』

太文字の横には、クラブに届いたファクス用紙が貼り付けてあった。顔をしかめた横川がいた。

『西大后株式のＴＯＢについて、かねてよりクライアントである松山肇氏の代理人として鋭意業務を遂行し、先ほどの会見にてその方針を説明させていただきました。しかし、会見終了後、事務手続きを巡るトラブルにより、当初ＴＯＢの代理人として予定しておりました証券会社からアドバイザー就任に関する合意が得られないとの緊急連絡が入りました。つきましては、一定期間の調整を経たのちに再びＴＯＢに向けた準備を開始いたします。この間、松山氏は西大后の持ち株はそのまま保有し続ける予定であります』

「ちょ、ちょっと何よ。これじゃさっきデスクに上げた原稿が丸々ボツってことじゃない」

「そういうことだ。早くやれ」

横川がぶっきらぼうに言った。

眉間に深い皺を刻みながら、美奈子は大和のブースに駆け戻った。大和新聞のストリーム端末には、東証からの最新株価データがアップされていた。

《西大后株式、差し引き20万株の売りに1800円売り気配》――。

10

TOB延期により、西大后株が二日連続でストップ安となった。潤一郎のポートフォリオはずたずたになった。

ストップ安が続く間、何度か損切りに動こうとしたが、そのたびに社用で駆り出され、結局指をくわえてみているほかなかった。新車はおろか、ゴルフのオイル交換もままならない。

ショックから立ち上がれない中、朝一番で、ロドリゲスと沼島を東証に送り届けるようにタイタン佐伯に言いつけられた。潤一郎は窓越しに本社の玄関前に立つタイタン佐伯へ会釈した。BMWの最高級サルーンの助手席には、スペイン語の同時通訳の老女が座った。潤一郎の真後ろにはペドロ・ロドリゲスがどっかりと腰を下ろし、その隣には沼島がゆったりと足を組んでいる。

なぜ東京証券取引所なのか。潤一郎は思い切って沼島に声をかけた。

「沼島さん、なぜかつてのスター・レスラーが東証に？　見学ですか？」

「当たらずとも遠からずだな」

「私が受付の事務手続きをやります」

「いや、その必要はない」

溜池交差点から虎ノ門方面に右折したとき、沼島の携帯電話が鳴った。

何事か小声で言葉を交わしている。ハンドルを握りながら潤一郎は耳を傾けた。何やら「売りから入れ」、「買い戻しのタイミングを間違えるな」などと小声で指示を出している様子はうかがえた。やがてＪＴの本社ビル横を通り過ぎたころ、沼島がいらいらした調子で電話を切り、無意識につぶやいた。

「もうぐれが……」

冷静沈着な沼島が、ぽつりと感情的な言葉を吐いた。ルームミラー越しに後部座席をのぞき込んだ。沼島は肘を窓枠にかけ、ぼんやりと虎ノ門のオフィス街に視線を向けていた。

沼島は〝もうぐれ〟と言った。どこかで聞いたことがある言葉だった。ハンドルを握りながら記憶の糸をたどったが、答えは見出せなかった。

「あと少しで東証に着きます。正面玄関でいいですか？」

「いや、首都高のガードのあたりで我々は降りますよ。ご苦労さま」

「少し歩きますよ」

「首都高のガード下で結構」

沼島が語気を強めたため、潤一郎は指示に従った。信号待ちのあと、ＢＭＷはするりと首都高のガード下に滑り込んだ。

「何時にお迎えにあがればいいですか？」

「適当に帰るので大丈夫です。それより、我々を送ったことは佐伯社長以外に誰も知らない。他言無用です」

質問をさせない、口答えもさせない。沼島の表情は柔らかいが、鋭い視線が雄弁に語っていた。

11

「突然の会見にもかかわらず、ご参集いただき、ありがとうございます」

笠松弁護士はそう切り出すと、東証第二会見室に集まった三〇人前後の記者に向かって一礼した。笠松の隣には、年老いた女性、その横には浅黒く口焼けした恰幅のよい外国人男性が控えていた。

笠松弁護士は用意していたメモに視線を落とすと、一気に読み上げ始めた。

「かねて会社役員・松山肇氏がレストランチェーン西大后株式を大量保有し、その後TOBを行う方針を示しておりましたが、TOB代理人となるはずの証券会社の賛同が得られず、一時保留しておりました。この間《ま》、株式市場には様々な憶測が飛び交い、意図せざる株価の乱高下を目の当たりにしたことで、私のクライアントである松山氏は、これ以上の混乱を引き起こすのが本意ではないとして、西大后のTOBから撤退する方針を決めました」

一番前の席で一心不乱にメモを取っていた美奈子は、笠松弁護士を見上げた。老弁護士は眉一つ動かさず、手元のメモに視線を落としたままだ。

会見室の後方からは、内外の通信社の若手記者が飛び出していく。

「ですが、松山氏は、持ち株をそのまま市場に放出すると、さらにあらぬ混乱を招くと判断しまして、今ここに同席していただいているメキシコ人実業家のペドロ・ロドリゲス氏に、保有株式のすべてを譲渡する方針を決めました。私は引き続きロドリゲス氏の代理人を務めさせていただきます。なお、ロドリゲス氏は、今後西大后にTOBをかける予定です」

笠松の隣に控えていた老通訳が、小声でロドリゲスにスペイン語で語りかけている。ロドリゲスという大男は、小さくうなずきながら、時折記者たちに視線を向けた。

「一両日中に西大后株式の譲渡契約を交わし、その後ロドリゲス氏はＴＯＢの手続きに入る予定です。譲渡は一週間以内に完了し、一カ月以内にＴＯＢの正式な宣言を行うことができるかと存じます。私どものお伝えしたい点は以上であります」

老弁護士が言い終えると同時に、複数の記者が一斉に手を挙げた。美奈子の横に陣取っていた日日新聞の若手記者が勝手に質問を始めた。

「本当に証券会社に接触したんですか？」

「ここに仮契約書のコピーがございます。証券会社の名前は黒塗りしてございますが、間違いなく、本物の契約書です」

付け入る隙をみせない老弁護士の返答に、若手記者は渋々追及をやめた。

「ロドリゲスさんにお尋ねします。なぜ中華料理のチェーン店に興味を持ったのですか？」

日日新聞のサブキャップが穏やかな口調で尋ねた。

「私は、メキシコで複数の地元料理レストランを経営しております。もし西大后のオーナーになることができれば、メキシコシティや、カンクンなどの大都市で中華料理のお店を出すことが可能になります」

「失礼ですが、資産はどの程度お持ちなのですか？　それと松山氏との接点は？」

「日本円に換算すると、約二〇〇億円程度でしょうか。レストランは副業のようなもので、メキシコ各地にカーディーラーを展開しており、これが本業です。松山氏とはビジネスを通じた共通の友人を介して意気投合し、その意志を引き継ぐことを決めました」

「ＴＯＢを巡る会見のいきさつについて聞いてもいいですか？」

この前の朝、ジャガーＸＪＲから降り立った日の出新聞のサブキャップが発言を求めた。

「ＴＯＢの方針だけを記者クラブに告知したのは、どういう経緯があったのですか？」

「私が聞いているのは、兜記者クラブ幹事社の大和新聞さんからそのようにご指示があったからだと。松山氏の意図するところではなく、すべてご指示に従って生じたことであります」

美奈子は、体中の血が逆流するような感覚を覚え、反射的に手を挙げた。

「ちょっと待ってください。それ、全然違います」

老弁護士が驚いた表情を浮かべた。

「私が大和新聞で松山氏と折衝した記者です。今の先生のお話、まるっきり中身が違います」

美奈子は、顔を紅潮させながら一気にまくしたてた。同時に、質問を繰り出した日の出のサブキャップをにらみつけた。

「落ち着いてください。お互いに見解の相違があるようですな。しかし、もう既にＴＯＢの舵取りはロドリゲス氏に移っていますので、ここではあまり関係のない話かと」

「どっちの言い分が正しいか、お二方のお話じゃ、よく分かりませんね」

日の出の記者はあくまでも食い下がった。

「今回の会見と直接関係のないお話かと存じますので、私、大和新聞の菊田が責任を持ってクラブ宛に経緯を説明したメモを出させていただきます！　これでよろしいですか？」

「ご質問がなければ、以上で会見を終わらせていただきますが、よろしいですか？」

老弁護士は会見場を一通り見回し、頷きながら席を立った。美奈子も席を立った。会見場の入り口ドアに素永がもたれかかっているのを見つけた。

「今の会見聞いていましたか？」

「ああ、聞いていた」

素永は美奈子の右肩に手を添えると、小声で話し始めた。

「今回のドタバタ劇、とんでもないウラがある」

素永は一段と声を潜め、美奈子の耳元でささやいた。

「それにしても、おまえ誰かに恨みでも買っているのか？　でもなきゃ、会見で刺されるなんてことは考えられんぞ」

美奈子は素永を振り切ると、自席に戻った。手元のストリーム端末で、美奈子はすっかり覚えてしまった西大后の証券コードを叩き、日中の株価画面を表示した。

株価グラフに切り替えると、鋭角的なV字のチャートが現れた。

12

「ちょっとコレを聞いてみろよ」

兜記者クラブの一番奥、通称〝雀部屋《ジャンべや》〟に、素永は美奈子を呼び入れた。素永はジャケットからICレコーダーを取り出した。

〈そりゃさア、俺だって早いところ西大后の案件を片付けてしまいたいのさ。そもそもTABなんてややこしい手続きをだな、もっと簡略化しておかなけりゃ、この国の資本市場なんて発展しないんだ〉

〈そもそもあなたはこのTOBの発案者じゃないんでしょ？　あなたを動かしているのは誰ですか？〉

〈なんてことを言うんだ！　俺が自分で考えて今回の買い占めもＴＡＢも仕切っているんだ。俺が発案者に決まっているじゃないか！〉

「この声は松山ですね」

「ツテをたどって、松山が常連になっている川崎のスナックに潜り込んだ。やっぱり奴は単なる操り人形だ。今、聞いただろ。こいつはＴＯＢって言葉すら、意味が分かっていない。事実、ＴＯＢのことをティー・エー・ビーって言っている」

美奈子は素永の掌からＩＣレコーダーを奪いとると、手早く巻き戻しボタンを二回押し、再生ボタンに指をかけた。

〈そもそもＴＡＢなんてややこしい手続きをだ……〉

素永は、ジャケットの内ポケットからメモ帳を取り出した。

「今回の西大后の仕手戦は関西在住のＨっていう古い仕手筋が仕込んでいた。だが、Ｈはここ一、二年でマル暴に相当損を被らせたようで、今、そのリカバリーに必死だ。そこで、フリーの金融ブローカーをアドバイザーに据えて、今回の騒動を引き起こしているところまではつかめた」

美奈子がＩＣレコーダーを見つめていると、素永が言葉を継いだ。

「この新興ブローカーは、次々に新手の手口を考え、実績を積んだらしい。それでマル暴の覚えがよくなったって話だ」

「どんなやり口なんですか？」

「このところ、信用取引の手数料の引き下げ合戦が各社で繰り広げられているだろ。個人投資家の口座数が激増している。そこで各社の本人確認の作業も弛みがちとなっている。そこに目をつけたんだ」

「具体的には？」

「ダミーを使って口座を開き、信用取引をやるのさ。街金から金を摘まんで首が回らない連中をみつけてきて、目の前に一〇〇万円の束をぶら下げる。彼らに名義貸し料として金を渡し、それで、本人の個人情報をもらってネット証券の口座を開くのさ。ダミー口座を一〇口くらい使えば、かなり株価は動く。この間、このブローカーは、正規のルートで買いを入れ、株価急伸に便乗する」

「かなりやばい手口ですよね」

「でも、これで終わりじゃない」

「まだあるんですか？」

「短期間で株価が急伸したら、当然のごとく反動がくる」

「その後は……」

「否が応でも仕手戦の思惑が高まる。そうなりゃ、仕手筋の買いに売りをぶつけようと考える連中も急増する。利食い売りが急増したタイミングでは株価に調整圧力がかかり、当然このダミー口座に追い証が発生する。菊田、追い証って分かるよな？」

「ええ、株価が上がると思って信用で買いを入れたわけですから、思惑と逆方向に株価が動けば、追加の担保を入れるか、ポジションを手仕舞う必要が出てくるってことですよね」

「ブローカーが使ったのはダミー口座。最初に証拠金を入れたっきり。当然証券会社はこれを処分する。もちろん、株価も下がる。このブローカーは、この下げにも便乗して多額の利益を計上したって話だ。かわいそうなのは、一〇〇万円で名義を貸した連中だ。目先の金に目がくらんだ結果、数千万、あるいは数億円単位の新たな負債が生じるって寸法だ」

「刑事告発できないんですか？」

「証券会社の方も自らの事務作業の欠点をさらすことになるからな。ダミー口座の主たちだけが、ぼこぼこにされてお終《しま》いってことになる」

「その金融ブローカーですけど、それだけ頭の回転のいい人なら、もっと真っ当な仕事でその能力を活かせばいいのに」

「真っ当な仕事に就くことができないから、こんなウラの稼業に就いているんだと思うけどな。お嬢様育ちの菊田には想像もつかない話だろうがな」

13

「潤ちゃん、今回はいろいろとありがとう」

ルームミラー越しに後部座席をうかがうと、ペドロ・ロドリゲスは満面の笑みで潤一郎を見返した。ＴＯＢ会見から三日後、ロドリゲスを成田空港まで送るようにタイタン佐伯から指示された。潤一郎は、ＢＭＷを駆って東関東自動車道を走っていた。

あの日、ロドリゲスが記者会見に出席するとは思ってもみなかった。

翌日の主要紙報道を見て、潤一郎は仰天した。メキシコでは有力な実業家として知られたロドリゲスだが、なぜ東証一部上場企業、しかも中華料理レストランチェーンにＴＯＢをかける方針を示したのか。それにも増して、いきなり帰国だ。

「メキシコに帰って大丈夫ですか？」

「オッケーよ」

タイタン佐伯から一連の出来事は一切他言無用と釘を刺されているうえに、あの沼島とかいう金融ブローカーの存在も気になる。

「ロドリゲスさん、あと少しで成田です。お疲れさまでした」

「オッケー、ありがとうね」

もうこれ以上、何を聞いても無駄だ。ひとまずタイタン佐伯の言いつけ通りにロドリゲスを空港に送り届けよう、潤一郎は無理矢理そう考えた。

14

けたたましい電話の着信音が、南麻布のマンションのベッドルームに響き渡った。

ベッド脇のサイドテーブルをまさぐり、美奈子はコードレス電話の受話器を取り上げた。

電話の小さなモニターには、「午前二時三六分」との表示が浮かび上がっていた。

〈正岡だ。今、大丈夫か？〉

電話の向こう側では、遅番担当の本社経済部デスク、正岡栄三の神経質そうな声が響いている。この時間帯の電話でいいことがあったことは一度もない。他社の最終版をチェックした遅番デスクが、抜かれが判明した担当の記者を叩き起こすタイミングだ。美奈子はあくびを噛み殺した。

〈金融庁がＴＯＢを認めないらしい。日の出新聞が一面に本記を持ってきた。金融庁担当と連絡を取り合って後追いしてくれ」

正岡デスクは言いたいことだけ言って電話を切った。直後、再びけたたましい着信音が部屋中に響き渡り、デスク脇に置いたファクスが勢いよく日の出新聞最終版のコピーを吐き出した。

「『金融庁、メキシコ人実業家の西大后ＴＯＢ許可せず』
株式の大量買い占めに次いで、株式公開買付（ＴＯＢ）の対象となっている老舗中華料理レストランチェーン、西大后株式を巡って、金融庁は同社に対してＴＯＢの準備に入っていたメキシコ人実業家の申し出を事実上却下する方針を固め、関係各方面との最終調整に入った……」

今度は携帯電話が勢いよく震え始めた。ファクス脇に置いた端末を取り上げ、ウィンドウをのぞき込むと、金融庁担当記者からの電話だった。

〈西大后の一件カバーしていなかったからさ、手元に資料もないし、西大后の関係者の連絡先も分からない。助けてくれるか？〉

「取材メモをメールします」

〈助かるよ。よろしく〉

美奈子はノートパソコンの電源を入れると、西大后関係のファイルを開いた。

ワープロソフトを起動した美奈子は、猛烈な勢いでタイプを始めた。

松山、そして笠松の番号に電話したが、留守番メッセージが繰り返し流されるだけだった。金融庁担当の佐々木にメールを送り終えたあと、美奈子は一睡もできず、デスクの上でぼんやりと考え続けた。

15

美奈子と素永は、西大后を巡るドタバタ劇に一区切りついたあと、新橋駅前の居酒屋で慰労会を開いた。

「例の黒幕の件なんだが、何となく影が見えてきたよ」

周囲には、二、三人の客しかいなかったが、素永はいつもの習性で極端に声を潜めた。

「東京商業データバンクを使ったんだがな。例の新興勢力は、沼島とかいう最近売り出し中の金融ブローカーだ。こいつがしきりに動き回っている」

「沼島、ですか？」

「そうだ。ここ二年くらいの間に、主要なマル暴、つまり有名どころの広域暴力団のフロント企業とつき合いが始まったようだ」

素永は、猪口の酒を一気に飲み干した。

「それにしても日の出のサブキャップには腹がたちました」

前日開催の『クラブ総会』では、美奈子は西大后に関する事の顚末をＡ４で五枚のドキュメントに落とし込み、加盟各社に配布した。

事情説明するとともに、今後、同様の手口で混乱を起こされぬよう、厳重な注意を促した。各社ともに、明日は我が身と身構え、美奈子と大和新聞を被害者という観点でとらえてくれた。

だが、日の出新聞のサブキャップだけは違った。普段、企業幹部を会見の場でつるし上げるときと同様に、まず美奈子を悪者の座に置き、あとは謝罪するまで徹底的に締め上げるというやり方だった。

「私、完全に犯罪者扱いでしたものね」

「おまえも記者なら、相手を怒らせる取材のやり方があるのは知っているだろう。まんまとはめられたな」

手酌でぬる燗を舐めていた素永は、改めて切り出した。

「曲がったことが嫌いな性分は、その顔を見てりゃ、分かる。でもな、確かに隙があった。その勝気で好戦的なところだ」

「分かりました……でも」

「あれだけ真っ正面からやりあったんだからな。多分、おまえのことも含めて事の顚末を記事にしてくるぞ」

素永の指摘はもっともだった。既に複数の媒体からそれとなく西大后問題に関して取材を受けていた。美奈子は日の出の記事が掲載されたあとの事態を想像し、一層気が滅入った。

16

「三村さん、もう寝ちゃったの？」

キングサイズのベッドで軽い鼾《いびき》を立て始めた三村の肩口を、美奈子は軽くゆすった。だが、韓国のプラズマ・ディスプレイ工場の取材を終え、成田からそのまま美奈子の部屋に直行してきた三村は、あっという間に一回果て、寝入ってしまった。

大の字になった三村の右腕を取ると、美奈子は自らの後頭部に巻きつけて横になった。薄らとひげが浮き出た三村の顎をさすりながら、美奈子も目を閉じた。

だが、枕元の電話が突然鳴り出し、浅い眠りを打ち破った。受話器の小さなモニターには「午前三時二〇分」の表示があった。またしても朝刊帯の電話だ。

〈日の出新聞の日曜ニュース解説の面で、例の西大后関係の記事が出ていてさ〉

電話は案の定、遅番担当の正岡デスクだった。

「もしかして、私の話が出ているんですか？」

〈名指しはされていないが、兜記者クラブ内での仕切りのまずさって箇所があって、ウチの社の名前が出ている。それでドキュメント風に記者クラブ内でどういうやりとりがあったか触れていてさ。大和の女性記者が当初電話を受けてなんとかって形で書かれている〉

「記事を送っていただけますか？」

〈多分、ウチの部長がなんか言ってくると思うぞ。今、部長は政治部長と編集局次長のポスト争いをやってる最中だろう〉

「そうですね。でも記者クラブ内でも日の出だけがウチの批判に回って、他の会社は『明日は我が身』って同情してくれていたんですよ」

〈ウチの部長、上にはヘラヘラ媚び売るくせに、下にはめっぽう厳しいからな、精々気をつけるんだな〉

美奈子は、全裸のままベッドを抜け出し、窓際のデスク脇のファクスの前で腰に手を当てて着信を待った。二分後、二枚のA４サイズの紙が受信機から吐き出された。

美奈子は、記事を破り捨てたい衝動を必死で抑え、なんとか労作を読み通した。

記事を握り締めた美奈子は、キッチンの冷蔵庫に歩みよると、ロングサイズの缶ビールに手を伸ばした。

「忙しそうだから、俺、帰るわ」

突然、三村の声が聞こえた。髪をかきあげながら、美奈子は振り返った。

「ほらね、またその怖い顔だよ。もういい」

三村は、脱ぎ散らかしていたシャツに袖を通し始めた。

「ゴメン。すぐ済むから……。それに久しぶりに会えたんだし、ゆっくりしていってくれるって、そう言ってたじゃない」

「その格好でビールがぶ飲みするの、やめといた方がいいよ。男は誰だって引くよ」

「あッ」

美奈子は改めて自分の姿を見下ろした。何も身につけていないうえに、右手にはロング缶。美奈子は慌てて左手で胸を隠したが、三村の視線はジャケットとコートをしまったクローゼットに向かっていた。

「本当にごめんなさい。私、日の出新聞に刺されちゃって」

バスローブを探す美奈子の横を、カシミヤのロングコートを抱えた三村が無言で通り過ぎた。

「別にキミが忙しいことに腹をたてたんじゃないんだ。この部屋も、キミも何か落ち着かないし、やすらげない。それに、うまく言えないけど、温かみがないんだよ」

「待って」

リビングを足早に横切った三村は、玄関ホールで無言のままブーツのジッパーを引き上げた。美奈子は玄関とリビングを仕切っているドアの前で、立ち尽くした。

17

翌月曜日の昼過ぎ、美奈子は大手町の本社一〇階にある社員用カフェテラスに経済部長の塚本雄二郎から呼び出された。

美奈子はエスプレッソをすすりながら、塚本を待ち続けた。長時間嫌味を聞かされる。さほど確認事項が多いとも言えないスケジュール表の上を美奈子の視線が何回も行き来した。

「悪いな、わざわざ来てもらって」

夕刊の最終版を小脇に抱え、塚本が姿を現した。中年太りの体を流行遅れのダブルのスーツに包んでいる。分厚い銀縁眼鏡の奥には、絶妙なバランス感覚で社内の権力争いを勝ち抜き、ようやく経済部長ポストに上り詰めた狡猾な目が光っている。

「あのさ、いきなりで悪いんだが、大和経済研究所でちょっと人繰りがつかなくなっているんだよな。半年だけ出向してもらうことにしたから」

「どうして私が現場を離れなきゃならないんですか？」

四半期に一度、別刷りで日本経済の現状を分析、リポートするためだけに作られた大和経済研究所。主要な経済官庁から有力OBを顧問として毎年迎えている、〃天下り先〃のシンクタンクだ。出世争いに敗れた経済部記者の終着点でもある研究所に行けと、塚本は眉一つ動かさずに告げた。

「今回の西大后の一件、おまえに落ち度はないと素永や横川から聞いている。しかし、日の出にあそこまで書かれた以上、経済部長として手をこまねいているわけにはいかんのだよ」

マスコミの世界では、自社の記事や主張より、他社の論評が幅を利かすことがある。今、自らの人事に絡んでその悪しき慣習が現実のものとなっている。美奈子は塚本をにらみ返し、膝の上に置いていた拳を力いっぱい握り締めた。

「絶対に半年で現場に復帰させていただけるんですよね。ここで確約してください」

「必ず戻すから、来週から研究所に出勤してくれ」

塚本は美奈子に視線を向けることなく、伝票をつかんで立ち上がった。その後ろ姿に向かって、美奈子は小さくつぶやいた。

「信じられるわけないじゃない。あんたが一番、日の出の記事を信用しているんだから」

美奈子はエスプレッソのカップを投げつけたい衝動を必死でこらえた。

18

西大后の一連の騒動から半年経った九月。目黒通りに面した警視庁捜査二課の仮事務所の小窓からは、既に西日が差し込み始めている。

小さな取調室は、一応エアコンが効いているが、強い西日をまともに受ける格好となった美奈子の額には、先ほどから薄らと汗の粒が浮き始めていた。ファンデーションを直したいが、仏頂面の東山警部にそれを告げるのは無理だ。

社内の離島、大和経済研究所でのリポート書きの日々は依然続き、今度は捜二の取り調べを受けている。

東山との会話は一向に弾まない。重苦しい空気が小部屋に沈澱し続けていた。東山は、美奈子が提出した直近の預金通帳の写しと、給与明細を先ほどから凝視している。時折、手元の資料とそれらを見比べている。

東山の手元のファイルに視線を移すと、おそらく銀行や税務署から提出させたであろう数字が並んだ資料がうかがえる。その隣のページには、クリアファイルに挟まれた先ほどの男の写真がのぞいている。

　東山はこれが誰であるかを教えてくれなかったが、事件のキーマンであるに違いない。東山は、なぜ松山肇が美奈子に名指しで電話をかけてきたのかにこだわっていた。キャップの素永は、松山の背後に関西系の仕手本尊が控え、その本尊をも操った新興の金融ブローカーがいると言っていた。ブローカーの名は沼島だった。東山のファイルにある男が沼島なのだ。

　東山が、わざと大きな音を立ててファイルを閉じた。

「まだ完全にシロと断定できませんが、あなたの主張通り、怪しげな資金の流れはありませんでしたな。今日のところはこれでいいでしょう。お疲れさまでした」

　東山はファイルを小脇に挟み、美奈子を一瞥することなく自席に戻った。美奈子が手元のブルガリに目を落とすと、時刻は既に午後六時近くになっていた。約五時間ぶっ通しで、美奈子は東山の鋭い視線にさらされた。美奈子のもとに、若い刑事が歩み寄り、茶封筒を手渡した。

「捜査協力費が支給されますのでお受け取りください」

　美奈子が茶封筒を受け取ると、刑事はクリップボードに載せられた書類を差し出し、署名するよう促した。支払い明細に目を転じると「三〇〇〇円」の文字があった。自らのキャリアを否定され、疑惑の目を向けられた。その結果が、たった三千円なのか。美奈子はやり場のない怒りを覚えた。

第2章　陰影

1

社員食堂でランチを平らげた美奈子は、本社屋上のベンチでぼんやりと皇居の馬場先門を見つめていた。

半年経っても、美奈子の肩書きはヒラ研究員のままだった。美奈子を強引に研究員に仕立てた塚本経済部長は、パワーゲームに敗れ、関西本社の編集局長に召し上げられた。

塚本は美奈子の復職よりも、自らの東京本社復帰に向け、全精力を傾けている。

いったい、自分は何をしているのだろう。四半期毎、朝刊とともに配達される人和経済研究所の定期冊子、『日本は今』の巻頭リポートを仕上げ、経済産業省事務次官OBの景気分析コラムの代筆も終わった。担当編集長のゲラチェックを終えてしまった今、美奈子にはやるべき仕事は残されていなかった。

美奈子は、晴れ渡った空を見上げた。

「あら、デカ女じゃない。どうしたの？」

美奈子が佇んでいたベンチ脇に、小柄な体に極端な脂肪を溜め込んだ女が、大量のスクラップブックを抱えて立ち止まった。

「英里？　いつの間にそんな……」

「デブになったのかって？　結婚して子供ができれば、女はみんなこんな風になるのよ」

秋田英里。同期入社の元政治部記者だ。

美奈子と同様に二年間の地方勤務を経たあと、政治部の檜舞台、首相官邸詰めとなった。

大和新聞史上初めて、女性として総理番を一年務め、同期でも出世頭とみられてきた逸材だった。

だが、総理番から官邸クラブの中枢に配置替えされる直前、官僚ＯＢで政策通として知られた与党中堅議員の第一秘書とあっさり結婚した。長女を身ごもった直後に自ら進んで取材の最前線を離脱し、育児と仕事の兼務が容易な販売局の一員となった。

カットの深いブラウスを身につけ、小悪魔的なキャラクターで取材先の受けもよかった英里だった。しかし、今は度のきついセルフレームの眼鏡をかけ、地味なパンツスーツ姿になっていた。

「あんたさ、現場に戻れないからってまだ拗《す》ねてるんでしょ？　早く結婚して価値観変えた方がいいよ。がむしゃらにやってても所詮はサラリーマンなんだからさ。ところで、どうせヒマでしょ、ちょっと手伝いなさいよ」

政治部時代と同様、英里の押しの強さは変わらない。美奈子の手元には五、六冊の埃にまみれたスクラップブックが押しつけられた。

「さっき販売局の資料を整理してたら、何年も風に当たってなかったファイルの山が出てきたのよ。来月、全国の販売店さんを集めたイベントがあるんだけど、過去の優秀な販売員の表彰があるんで、リストを作らなきゃならないのよ」

英里はすばやくスクラップブックを開き、屋上のコンクリートの床に並べ始めた。

販売局報「大和だより」。全国各地に散らばった販売所に毎月届けられる社内報だ。毎月の新規読者獲得目標から、販売局長の訓示、違法な拡張行為への戒めなどが綴られた事務的な文書だ。四半期に一度、全国各地の販売成績優秀者が顔写真入りで紹介されている号もある。

「販売所向けの文書なんか見るのは初めてよ」

「あたしも官邸詰めで、自分が世論を変えてやるってブイブイやっていた時期があるけど、今は一八〇度考えが変わったのよ。所詮、新聞なんて読者がいなければただの紙切れ。販売店が読者を連れてきてくれてナンボの世界よ」

美奈子は気乗りしないまま、カビ臭いページをめくり続けた。

販売局の仕事など一度も思い浮かべたことはなかった。自分の書いた記事が読者に届く前に、こうして販売員の手を通していく姿がなんとなく浮かび上がってきた。古文書をたぐる研究員のような面持ちで美奈子は丁寧に一枚いちまいのページに風を送っていった。しかし、二冊目のスクラップの半ば近くに到達したとき、唐突に作業の手が止まった。

「好みの男でも載ってた？」

美奈子の視線は、『単月での新規顧客獲得件数、新記録樹立――東伏見専売所』との大見出しの上で固まっていた。

「この男、こいつが今、私を本社に釘付けにしている張本人なのよ」

黄ばんだ局報の見出し下には、はにかんだように笑う男の写真があった。美奈子は男の顔、特に左目上の痣に釘付けとなった。

「この人、伝説の販売員らしいよ。このときの記録は今でも破られてないからね」

2

「青梅街道っていつもこんなに混《こ》んでるの？」

井草八幡前交差点で青梅街道の上下線の流れは完全に止まっていた。下り線の交差点手前には、大型の家電量販店の駐車場があり、警備員が勝手に車の流れを塞《せ》き止め、自らのお得意様たちの誘導に余念がなかった。九月下旬に納車されたばかりのアウディA3のステアリングに覆いかぶさった美奈子は、舌打ちしながら車列をにらみつけた。

「あんたみたいに都心の一等地にマンションを買える人間なんかいないのよ。みんなこんな郊外にしか住めない。買い物に行くにも、ファミリーレストランに出かけるときも、渋滞を抜けなきゃならないの。ちょっとは我慢しなさいよ」

助手席には、ウィークデーにもまして化粧っ気がない英里が腕組みをしていた。

「だいたい、ファミリーカーっていっても、あんたの車は新車のアウディじゃない。ウチなんか中古のカローラワゴンに家族四人が詰め込み状態だよ。わがままなお嬢さんのおつき合いも大変だわ」

本社の屋上で沼島と再会した美奈子は、その足取りをたどるため、大和新聞の東伏見専売所に向かっていた。

新宿駅の西口で京王沿線に住む英里をピックアップしてきたが、日曜の昼過ぎの青梅街道は中野坂上を過ぎたあたりから、大きめの交差点を前にするたびに渋滞を起こしていた。

「ねえ、これから行く専売所はどんなところなの？」

「成績がいいかって意味？　そうねえ、今は中の下くらいかな。あと、残紙の話は御法度だからね」

「残紙って、そんなにあるの？」

「今、社はスクープの大和新聞ってキャンペーンかけているじゃない？　でもはっきり言って、読者にはあんまり関係のない話なんだよね。だって、インターネットでいくらでも情報が取れるし、テレビだって朝一番のニュースでウチのスクープの後追いをする。今のご時世、どこの新聞が抜いたかなんて、読者の関心事じゃないのよ」

「販売の仕事も結構厳しいのね」

「〝新聞はエリートが書いてヤクザが売る〟って昔の日日のトップが言っていたけど、今はその構図がより一層悪くなっているわよ。新聞拡張団のやり方も表向き健全化されたってことになっているけど、実態は昔のまま」

井草八幡前の交差点を抜け、アウディが練馬区の関町周辺にさしかかると、ようやく時速五〇キロ程度で車列が流れ始めた。

「どのあたりで右折すればいいのかな」

「あ、そこよ。東伏見稲荷入口、柳沢駅前通りってあるでしょ」

美奈子は、空いていた車線にアウディを滑り込ませた。

片側四車線の広い青梅街道を柳沢駅前通りに入ると、路線バスがようやく交互に通れる程度の緩やかな坂道が続いた。

◆

東京ならどこにでもある私鉄沿線の商店街だった。なじみ客しか相手にしない居酒屋とスナックが軒を連ねる古びた通りを抜け、美奈子と英里は歩きつづけた。

「ほら、あそこ」

西武新宿線・西武柳沢駅前の踏切の前に立つと、英里は人差し指を伸ばし、線路の反対側、煤けたトタン張りの四角い建物を指した。

『大和新聞・大和スポーツ　東伏見専売所／前田新聞舗』——。

煤けたトタンに、赤錆が浮き上がった看板が吊り下げられていた。錆が放置されているあたりが、今の大和新聞の苦境を物語っていると美奈子は思った。

踏切を渡ると、間口八メートルほどの店舗の玄関前に立ち、看板を見上げた。玄関脇には荷台と前カゴが異様に大きなホンダのスーパーカブが五台、頑丈なスタンドを付けたパワーアシスト付きの自転車が三台、同じ方向を向いて置かれている。

「ちょっと待ってて」

英里が慣れた様子で引き戸を開けた。畳一枚ほどの作業台では、眼鏡をかけた老人がタバコをくわえながら、折り込み広告の仕分けをしていた。

「販売局の秋田です。ご主人はいらっしゃる？」

老人は英里と美奈子に視線を合わせることなく、右手の親指をたてて奥の間を指した。

「失礼しますよ。こんちは、販売の秋田です！」

地元スーパーの特売チラシの束を仕分けしていた老人がギロリと美奈子をにらんだ。

「美奈子も早くこっちに」

英里の小声に気づいた美奈子は、大きめのハイヒールを玄関脇のすのこの前で脱ぎ、一段高い事務所に足を踏み入れた。

「ご苦労さまですね、秋田さん。今日は新規の販促の話じゃないよね？」

すっかり芯のふやけてしまったポロシャツを着た三〇歳前後の男が、さも大儀そうにパイプ椅子から立ち上がって二人を迎えた。

「電話でも話しましたけど、こちら、私の同期の菊田です。ちょっと調べものをしておりまして、今日はその件でお邪魔しました」

「かつて沼島さんが住んでいた部屋はお見せできますけど。あとは、適当にやってくださいよ」

店主は、二人を事務所脇の階段に導き、後についてくるよう促した。

事務所の線路側、急な勾配の階段を三人はゆっくりと上り始めた。ちょうど、西武新宿線の下りの急行電車が通過するタイミングだった。三人分の重みで奇妙な軋《きし》み音を発していた階段は、横方向に揺れ始めた。一番最後から階段を上っていた美奈子は慌てて手すりをつかんだ。

「ここです。今は中国人の留学生が使ってますけど。あまり綺麗に使ってくれていないんで。勝手に光回線だかを引っ張ってくるし」

部屋の前で店主はさっさと方向転換し、階段を下り始めた。日当たりが悪く、極端に狭い二階の廊下に取り残された二人は、顔を見合わせた。

「ここからはあんたの仕事よ」

英里は美奈子にドアをノックするよう促した。大きな拳で美奈子はドアを二回ノックした。

「どうぞ、お入りください」

部屋の中からは、若い女の声が響いた。

美奈子は思い切ってドアを押し開けた。だが、すぐに絶句した。ドアの脇にはロープが張られ、所狭しと軍手と作業用トレーニングウエア、そして汗染みが浮き出し、襟元が緩んだ

Tシャツが吊るされていた。

日当たりが悪く、風通しもほとんどない小部屋での室内干しに、すえた臭いが加わっている。とても若い女性が暮らせる環境ではない。

「こんにちは、記者さんなんでしょ？　私、中国から留学に来ている劉と言います」

ノートパソコン二台とコンピュータ言語に関するテキストを広げていた若い留学生が、明るい声を上げた。

「ちょっとだけお部屋を見せてもらったら帰りますから」

美奈子は身をかがめながら狭い室内を見回した。目算でもはっきり三畳以下のスペースだと分かる。畳敷きの備え付けベッド、そして机と椅子が無理矢理押し込まれている。住人が動ける空間は一メートル四方にも満たない。

美奈子はすえた部屋の臭いに閉口した。この独居房のような場所で、明るい表情を見せているこの留学生は、どういう心境なのか。

さらに部屋を見回した。かつてこの部屋の住人たちが、様々なポスターを張っていたのだろう。板壁に微妙な色の違いが出ている。セロハンテープの剝《は》がし残しには、さらに埃がこびりつき、ドス黒く変色している。グラビアアイドルのピンナップの剝がし残しも見える。ベッド脇には、ピンナップの中に混じり、剝がし切れなかったステッカーが残っていた。色褪《あ》せたステッカーには、U２のアルバムタイトルがうっすらと映っている。

　沼島は、この部屋でどんな日々を過ごしたのか。美奈子がそう思ったときだ。再び西武新宿線の急行列車が通過した。部屋は縦揺れを繰り返している。

「昔の販売員がどうかしたのですか？　何か調べているのですか？　お手伝いしますよ、記者さんのお手伝いなら、私がんばりますよ。それに私、パソコン得意ね」

「ごめんね、劉さん。もういいわ。勉強がんばってね」

　そう言うのがやっとだった。美奈子は洗濯物の下をくぐり抜け、小部屋を出た。

「どう？　すごい環境でしょ。あたしたちが書いた記事は、こんな刑務所みたいなところに住んでいる人たちが配達してるの。いい経験になったでしょ？」

　真っ暗な廊下に出たとき、美奈子は頷くのが精一杯だった。

「一応、敏腕経済記者さんのために、隠し球を用意してあるの。行くわよ」

◆

　一階の事務所に戻ると、英里に背中を押され、美奈子は再び作業場に出た。先ほどの老人が、ギロリと美奈子を一瞥した。

　店を出た二人は、西武池袋線の保谷駅方向に向けて歩き出した。

「販売局であの住環境をなんとかしてあげられないの？　とても人間が生活するところじゃないわよ」

「珍しく殊勝なことをおっしゃいますわね。でもね、販売店は一応独立採算制になっているの。販売局から補助金は出しているけどね。日日も、日の出の販売店もそうだけど、〃新聞屋〃っていうところは似たり寄ったりよ。それに、今は日本人で配達員になる人材も極端に減っている。だから、さっき会ったみたいな留学生の力を借りているのよ。偉そうに社説だ、世論調査だってやっている新聞社の実態は、販売店に行けばあの通りよ」

「……これからどうするの？　隠し球とかって言っていたけど」

「ある人物に会わせてあげる。さっきみたいに露骨にびっくりしないでね。失礼よ。それに、プライドの高い人だから」

それきり、英里は口を開かなかった。英里と美奈子は一五〇メートルほど柳沢駅前通りを歩き続けた。準備中の札を下げた信濃料理店の角を左折すると、二人は、優に築三〇年は経過しているだろう木造アパートの前にたどり着いた。

『銀山荘』――。敷地いっぱいに建てられたアパートの階段脇の郵便受けには、ベニヤ板に下手な楷書で記された名札が掲げてあった。

「誰に会わせるっていうのよ」

「沼島さんを育てた名物販売員よ。三多摩地区じゃカリスマって言われていたこともあるらしいよ。あたしも二年前に一回会っただけだけど、今の販売局長のことをヒヨッコ扱いしていたし、実際、彼の機嫌を損ねると、拡張団の手配とかに支障が出るみたい」

洗濯機や錆だらけの自転車が置きっ放しになった一階通路を進んだ。

『四号室・相川』――。英里は大和スポーツが几帳面に束ねられたドアの前で立ち止まった。

「おう、入ってくれ」

部屋の中からは嗄《しゃが》れた声が聞こえてきた。

「販売の秋田です。大変ご無沙汰しております。一昨日電話でお話ししておいた通り、同期の記者を連れて参りました」

ドアを内側から押し開けたのは、身長一六〇センチにも満たない、目つきの鋭い老人だった。黒ぶちの眼鏡、日焼けした肌と、オールバックに撫で付けられた白髪は、日当たりの悪い薄汚れたアパートの小部屋で奇妙なコントラストを醸し出していた。

「狭いけど上がってくれ」

「相川さん、これ、局長から預かってきました。どうぞお納めください」

通された六畳一間の部屋に入ると、英里が携えていたトートバッグから紙袋を差し出した。

「局長って、あの洟垂れ小僧か。気が利くようになったじゃねえか。お、八海山か。奴も気張ったな」

大げさに笑ったあと、老人が美奈子に視線を向けた。美奈子は思わず身構えた。

「大和新聞の販売員になって三〇年になる相川真治ってもんだ。で、エリートの記者さんが、沼島のことを調べているんだって？　奴が何か仕出かしたのかい？」

相川は、黒ぶち眼鏡の奥から射るような視線で美奈子をとらえた。

◆

「おい、そこの角、左折しろ」

「分かりました」

相川を加えた奇妙な三人組は、大根畑と建て売り住宅が立ち並ぶ西東京市中町の細い路地を走り回っていた。

アパートの一室で話をするよりも、実際に沼島が配達を担当していた区域を見た方がいいとの相川の提案だった。

「本社のエリート記者は、いつもこんな高級外車に乗って取材に出かけてるのか？」

「いえいえ、彼女はいいとこの出で、しかも独身貴族ですから。特殊なケースですよ」

カリスマ販売員のプライドを傷つけまいと、後部座席から英里がすかさずフォローを入れた。

「あいつはな、真面目だったんだ。ほら、見ろよ。今は綺麗なマンション風の建物になってるが、昔は全部おんぼろの市営団地。エレベーターもなかったんだが、奴は文句一つ言わずに自ら獲得してきた新規客のところに、走って新聞を届けてたんだ」

相川は、インクで黒ずんだ人指し指で五階建ての市営住宅を指した。美奈子は団地の入り口近くにアウディを停め、相川の指した方向を目で追った。丸い花壇が設置された広場では、四、五人の幼児が戦隊モノのキャラクターシャツとマスクを被って戯れている。どこにでもある市営住宅だった。

「沼島さんは、何部くらい配っていたんですか？」

「そうさな、五〇〇部くらいあったんじゃないか？　大和の本紙が三五〇、スポーツが一五〇、それに販売委託されていた専門紙のたぐいまで入れたら、ピーク時には六〇〇部近く扱っていたはずだ」

「何時間くらいで配達し終わるんですか？」

「朝三時にトラックが店に着いて、それから仕分けだ。チラシを挟み込んで配達に出るのが四時。奴は六時半には必ず店に帰ってきていたから、二時間半ってとこかな」

「お店にはホンダのカブがありましたけど、沼島さんもバイクで配達を？」

相川は強く頭を振った。

「大和の販売店は、代々自転車しか支給しないんだよ。バイクは自腹で買うんだ。沼島は六〇〇部、チャリで配っていたよ」

後部座席では、英里が申し訳なさそうに頭を垂れた。

「お店からここまで約二キロくらいでしたけど、このエリアで二時間半ですか?」

「エリートさんよ、大和新聞の販売力がそんなに強いと思うか?」

頭を垂れていた英里が、口を開いた。

「いいこと、デカ女。例えば業界一営業力が強い東京日日は、この団地の一棟当たり六割が購読してる。でもウチはせいぜい二割。日日の販売員は一丁目から二丁目まで配ってしまえば、五〇〇部くらいすぐに捌けるわけ。でも大和の五〇〇、六〇〇っていったら、一丁目から五丁目はおろか、町名が三つくらい変わらないと、数を捌《さば》けないのよ」

「そうか。六〇〇部の新聞の束を抱えて自転車で走り回るっていったら」

「三回くらい店に紙を取りに戻って、一回当たり二〇キロ近く走り回ることになる」

記事を書くことだけに集中してきた美奈子は、購買数の多寡が新聞社の実力のバロメーターになっている事実を痛感した。

「沼島さんはなぜ大和の、しかも東伏見の専売所に来たんですか?」

「俺もそのあたりはよく分からん。もともと身元がしっかりした人間なんてほとんどいない世界だ。亡くなった先代のおかみさんが在日韓国人で、そのツテで奴が入ってきたって話を聞いたことがある」

「沼島さんは在日の方ですか？」

「そうだよ。いつか、こんなことも言ってたっけなア。田舎でトラブルがあって、東京に出てきたと。東京に来てがっちり金を稼げば、在日だなんだと言われることはないってな」

美奈子が後部座席に視線を移すと、英里も頭を振っている。美奈子が団地に視線を向けたとき、金髪のロングヘアーに薄っぺらなヘルメットをちょこんと乗せた青年が一台のスーパーカブで広場に乗りつけた。

バイクの前カゴには、東京日日の古紙回収袋の束が積み込まれている。襷《たすき》がけにした小さなバッグを携え、金髪のロンゲは駆け足で団地に吸い込まれていった。集金にでも出向くのだろう。ふと美奈子は、襟元が垂れ下がったTシャツを来た青年が汗だくになりながら自転車を漕いでいる姿を想像した。しかし、なかなかイメージは浮かび上がってこなかった。

◆

市営団地を後にしたアウディは、再び柳沢駅前通りに出た。東伏見専売所脇の踏切で急行と各駅停車の通過を待ったあと、再び青梅街道方向に走りだした。相川の指示通り、駅前通りの坂の途中で左折すると朱色の大きな鳥居が現れた。

「東伏見稲荷っていってな、京都の伏見稲荷から分社されたありがたいお稲荷様だ」

相川は助手席から鳥居を見上げ、二回拍手して一礼した。

「ここからの一帯も、奴の担当区域だ」

相川はそう言うと、顎で車を出すよう美奈子に指示した。

電柱の住所表示を見ると、「東伏見六丁目」の表示があった。区画整理が行き届いていない六丁目の一帯を見た美奈子は、先ほどの英里の言葉を思い起こした。東京日日ならば六丁目だけで五〇〇部、大和新聞は何丁目まで行けば五〇〇部を配り終えるのか。

アウディは都営住宅の脇を通り、緩い坂道を上り始めた。都営住宅の外れあたりから、町並みは中町近辺と同様に、建て売り住宅と小さな大根畑が交互に連なっている。

「このあたりに菓子工場があってな。毎日キャラメルの匂いが町中に充満していたんだよ」

建て売り住宅の一角を過ぎたあたりで、相川は右側の低層マンションと駐車場を指し示した。

「でな、こっち側に従業員用の長屋があって、奴は片っ端から契約を取っていったよ」

相川は進行方向左側の空き地を指した。

「長屋の連中は金払いが悪かった。でも沼島はきっちりと集金もこなしていた。そんでもって、週に一回はスナック菓子の大袋をもらってきてたな」

長屋の連中と言われても、地方の裕福な家庭で生まれ育った美奈子にはどういう人種か、あるいはどんな生活スタイルの人たちなのか、全く実感が湧かない。

「こっから先は早稲田村だ」

「早稲田村って何ですか？」

「早稲田大学の野球部、剣道部、馬術部、競走部、体育会の合宿所がたくさんあるところだ」

道路の両側には、比較的新しい鉄筋コンクリート造りのマンション風の宿舎が並んでいた。個室のベランダには、Tシャツやユニフォーム、あるいは野球のストッキングが乱雑に吊り下げられていた。

「一五年くらい前までは、みんな木造のオンボロ宿舎だったんだがなあ。奴はここでも大和本紙と大和スポーツの契約を上げて、毎日配っていた。そういや、何人か優秀な学生からテキストやら参考書をもらったって喜んでたな。沼島は仕事時間以外は、ほとんど部屋に籠《こも》って勉強していたんだよ」

「何を勉強されていましたか？」

「会計やらコンピュータの資格を取るって言っていたな。委託販売されていた株式関係の専門紙も熱心に読んでいた。遊びはしない奴だったが、唯一、プロレスは好きだったな。大和スポーツのプロレス面は必ず読んでいた。あ、そこ左折して、右側にある駐車場に入れろ」

美奈子は銭湯の脇を左折し、駐車場にアウディのノーズを向けた。

「ここが奴のお気に入りだった銭湯だ」

駐車場から見上げると、都心ではほとんど見かけなくなった煙突が、土筆《つくし》のようにひょろりと伸びていた。『のんびり妙法温泉』。

煙突には、時代遅れのキャッチコピー。銭湯の入り口右側には、コインランドリー。狭いトタン葺《ぶ》きの建物の中では、銭湯の主人らしい初老の男が古新聞と漫画週刊誌のバックナンバーをビニール紐で括《くく》り付けていた。

「ラグビー部の連中が来る前に入るんだって言ってな、沼島は毎日猛烈な勢いで夕刊を配っていたなあ」

「なぜラグビー部の前なんですか？」

「ラグビー部の連中が湯に浸《つ》かったあとなんか、泥だらけで入れたもんじゃねえだろ。もしかして、あんた銭湯に来たことないのか？」

うんと頷いた美奈子を一瞥すると、相川は深くため息をついた。

「あんたらエリートはもっと視線を下々に落とさなきゃ。庶民の暮らしぶりを知らないと、生きた経済の話なんか書いても説得力がないぜ。また銭湯が値上げって書いてる奴が、銭湯に来たこともないいんだからな」

この老人の言っていることは正論だ。事実、自分は銭湯に行ったこともない。銭湯の値上げが生活を左右するような経験もなかった。

「ちょっと歩こうか」

美奈子を無視する形で、相川は先を急いだ。銭湯の先からは仏に弧を描く急な下り坂が続いていた。

「ここは冬場に凍るんだよ。奴が最初に来た冬だ。雨上がりの朝にこの坂道が凍りついてなあ」

相川は一瞬話すのをやめ、坂道の先を見通した。

「残り二〇〇部ってタイミングで派手に転んだ。積んでいた紙は全部おシャカだ」

この急な坂道が凍結したら、自動車でも怖いだろう。美奈子は直感的に身構えた。二〇〇部の新聞の束がどの程度の重さで、どの程度自転車の前カゴと荷台に載っていたかイメージは湧かないが、物理が大嫌いな美奈子でさえ、加速度という言葉が即座に思い浮かんだ。

「そのあとは？」

「左足をねんざして、半べそで店に帰ってきた。俺がひばりが丘と田無、それから武蔵境の販売店に手配してなんとか残紙をかき集めた。それ以来、どこか遠慮がちだった奴がなついてくれたんだ。奴はねんざしたまま、配達に戻ったよ。大した根性だったね」

どこで沼島が転倒したか、その名残りは坂道にはなかった。薄暗い冬場の早朝に凍結した道路に投げ出された沼島が仕事を放棄してもおかしくないはずだ。なにが沼島をそこまで駆り立てたのか、美奈子には想像がつかなかった。

ビシッ、ビシッ――。坂を下り切ると、プレハブの小屋から鋭い機械の音が響いてきた。

「野球部のピッチングマシンだ。そういや、奴は田舎で野球に熱中していたって言ってたな」

三人はプレハブ小屋を通り過ぎ、鬱蒼と木が生い茂る公園の入り口にさしかかった。

『練馬区立武蔵関公園』。どうやら、西東京市の外れまでたどり着いたようだ。

西東京の中町、そしてこの東伏見一帯。初めて来た土地だが、その配達エリアが広大な規模に上ることは、美奈子にもようやく理解できた。相川が口を開いた。

「奴はこの公園に来ちゃ、ぼんやりしてたな。ほら、そっち側に池が見えるだろう。何ていったかな、奴はアイルランドのロックバンドが好きで、ここにきちゃ、ヘッドフォンステレオでそのバンドばっかり聞いていたな」

木立を抜けて階段を下ると、深緑色に淀んだ池が現れた。練馬区の案内表示には『富士見池』とどこでもありそうな名前が記されていた。池の対岸を見ると、水面ぎりぎりまで木々が生い茂っていた。

「なんでも、生まれた土地の川に風情が似ているって言ってたな。奴の田舎がどこかは知らないけどな」

美奈子は対岸の木々と、淀んだ水を眺めた。初めて見る光景だったが、美奈子もこれと同じような場所に立ったことがあると思った。決して爽やかな風景ではない。特に水の淀んだところ——どこかで見たことがある。絶対にある。しかし、美奈子は記憶の糸をたぐり切れなかった。

「沼島さんが専売所にいたとき、何か問題があったとか、トラブルを起こしたとか、ありませんでしたか？」

美奈子の問いかけに、相川は即座に反応した。

「流れ者やヤクザ者、ろくでもない奴が多いこの業界の中で、あいつは模範的な人間だった。テンプラって言っても分からないよな？　架空の契約書をでっち上げることだが、そんなことは当然やらなかったし、集金もきちんとこなして、店に金を入れてた。拡張キャンペーンだって奴が一番だった」

「そうよ、本社の販売局でも覚えている人がいるくらいだから」

英里がようやく口を開いた。

「真面目な方だったら、変な言い方ですが、そのろくでもない奴らと対立したりしませんでしたか？」

英里も次第に沼島という人間に興味を抱き始めたのだろう。販売局員ではなく、新聞記者の顔に戻って相川に尋ねた。

「そういや、こんなことがあったな」

対岸の木々を見つめながら、相川が話し始めた。

「あくまでも俺の想像だが、奴は人を殺《あや》めている」

「えっ」

美奈子と英里はほぼ同時に声を上げ、顔を見合わせた。

3

普段ならば、昼一二時から午後一時半までは誰も会議室を使わず、部屋は広々とした潤一郎の専用食堂だった。ましてや、今日は巡業もなく、完全な休息日にあたる日曜日だった。しかし、潤一郎の眼前の会議室ドアには「使用中」の看板が下げられ、中からは総務担当者の小声が聞こえていた。

明治屋のショッピングバッグを抱えた潤一郎は、そのままUターンして階段を下り、道場脇の公園に向かった。誰が会議をしているのか。そもそも、総務担当者が会議をする必要があるタイミングなのか。疑問は解けなかったが、潤一郎は自らの食欲に素直に従い、本社ビルを後にした。

潤一郎は西麻布方面に緩い下り坂を歩き始めた。四、五歩歩いたとき、後ろから二台の大型乗用車が潤一郎の脇を通り過ぎ、急停車した。止まったのは、V12のメルセデス・ベンツS500、そしてスポイラーをフル装備し、車体をローダウンさせたAMG《アーマーゲー》のS55Lだった。二台とも、フロントガラスからリアガラスまで全面にスモークシールド加工が施されていた。

S500の後部座席からは、ダブルのスーツを身にまとったひょろりと背の高い男が一人、そして、助手席からは鍛え上げられた上半身を小さめのポロシャツに詰め込んだ無精髭の男が降り立った。二人は無言で頷くと、UEW本社方向に歩き出した。

S55Lの後部座席からは、見覚えのある男が降りてきた。額に刻まれた無数の傷は、プロレス業界ならずとも、その男が誰かを瞬時に理解できた。ジャージ姿の鞄持ち兼運転手を従えていたのは、帝国プロレスを引退し、過激なデスマッチを繰り返すことで一躍有名となったＢＭＷ（ブラディ・マッドネス・レスリング）の総帥、大和田毅だった。大和田もそそくさとＵＥＷ本社方向に歩いていた。

大和田は同期のタイタン佐伯に再三挑戦状を叩き付け、帝国プロレス以来の再戦を迫り続けてきた。しかし、タイタン佐伯は大和田の要求をことごとく無視してきた。大和田は本社に乗り込んで、いよいよ直談判しようというのか。

潤一郎はサンドイッチを頬張りながら、ゆっくりと大和田の後を追い、ＵＥＷ本社ビルに戻った。

メルセデスから降り立った一団は、ＵＥＷビル二階に直行すると、会議室に吸い込まれていった。廊下の隅、自動販売機脇に身を隠した潤一郎は、会議室をうかがった。五分後、会議室のドアが開き、ＵＥＷの総務担当部長、銭谷勝がファイルを抱えながら出てきた。

「銭谷さん、会議ですか？」

「メシなら他の場所を探してくれ。今日はお客さんたちがあの部屋使っているからさ」

「誰ですか？」

「例の沼島さん絡みの客人だ。沼島さんからは、ＵＥＷの成り立ち、直近の興行の観客動員数とか、簡単な企業報告をしてくれって頼まれてね」

銭谷はさっさと階段を駆け上がり、五階の自席に戻っていった。

先ほどのメルセデスの一団とUEWの業績報告は噛み合わなかった。まして、デスマッチの帝王、大和田までが会議室に陣取っている。

潤一郎が首をかしげたとき、一人の女が眼前を通りすぎた。ショートカットの髪を明るいブラウンに染め、淡いブルーのジャケットに黒のパンツ。神谷町あたりの外資系証券人事部マネージャーといった風情だ。しかし、堅いスタイルとは裏腹に、香水の残り香がきつかった。女は潤一郎に視線を合わすことなく、会議室に吸い込まれていった。

女の後ろ姿を見送ったあと、二、三分の間、潤一郎はドアの前を行き来した。意を決すると合板で作られた薄手の壁に左耳を当てた。

かすかに、大和田のダミ声が聞こえた。しかし、詳細な内容は聞こえてこない。潤一郎が耳を離しかけたときだった。通りの良い女の声が響いた。

〈皆さんがお持ちのUEW株、正真正銘の本物でございます。また、添付されております念書も当社の経営方針を示したものです。企画兼経理担当役員の私が太鼓判を押させていただきます。株式公開の方針にもなんら変更はございません。ただ、当初よりも公開予定が後ズレしておりまして……〉

潤一郎は壁に体を寄せたまま、硬直した。

4

鬱蒼とした木立の中で、相川はしばらく口を閉ざした。やがて富士見池全体が見渡せるベンチに腰を下ろすと、上着のポケットからくしゃくしゃになったチェリーを取り出し、百円ライターで火を灯《とも》した。

「証拠はない。だが、絶対に奴はやっている」

チェリーの煙を吐き出した相川はもう一回、つぶやいた。

「どういうことです？」

「年寄りの想像だが、聞いてくれ」

淀んだ池の水面で、突然、体長五〇センチ程度の真っ黒な鯉が跳ねた。水音に驚き、美奈子と英里は腰を浮かしかけた。鯉が顔を出したあたりを指し、相川が言った。

「何年前だったかなあ。ちょうどあの鯉が跳ねたあたりで、人の左手の手首がプカプカ浮いていたことがあってな」

美奈子と英里は、顔を見合わせた。

「鮒釣りしていたじいさんが見つけて、警察に通報した。左手の小指、第一関節がなかったそうだ」

「でも、それが沼島さんの犯行だってことにはならないじゃないですか」

恐るおそる英里が切り出した。

「だが、動機はあった。十分にな」

ショルダーバッグからノートPCを取り出した美奈子は、PHSでネット接続すると、大和新聞社の社内データベースにアクセスした。

「練馬区立武蔵関公園／手首／バラバラ」。検索用のキーワードを打ち込むと、たちどころに社会部出稿のベタ記事が現れた。

《練馬区の公園で手首発見＝バラバラ殺人の疑い》

相川は黒ぶち眼鏡をはずし、モニターをのぞき込んだ。

「これだ。犯人は見つからずじまいで、お宮入りになった」

「相川さんは心当たりがあったんですか？」

「奴が専売所に入って二年目だったかな。店が拡張と配達の両面のテコ入れだっていって、ある専業を入れたんだ。そいつはあちこちの新聞、地域を流れ歩いた三五歳くらいで、若はげ、背の高い、たしか橋爪っていったっけな」

相川はポケットから携帯灰皿を取り出すと、チェリーの残骸を放り込んだ。

「この野郎だが、最初は低姿勢で真面目に配達も集金も、拡張もやってた。橋爪は店の全区域の順路表をあっという間に覚えちまった。先代の店主がえらく気に入ってなあ。俺はうさん臭い奴だから気をつけろって言ってたんだが」

相川はつばをのみ、再び口を開いた。

「橋爪が来て二カ月くらい経った夜だった。その日は大和の販売店すべてが拡張に出るローラー作戦の日だった。たまたま店の学生の一人が、熱を出してなあ。どうしても休みたいって言ったんだ。しかし、橋爪は無理やりその学生を店の事務所に引きずり出した」

「そんな暴力じゃないですか」

「販売店では、暴力なんてのは日常茶飯事だ。そのとき、沼島は学生を必死で庇《かば》った。俺が学生の分まで新規の契約を取ってくるってね。だがな、橋爪は許さなかった」

英里は下を向いたままだ。今でも状況はさして変わらないようだ。

「沼島は学生に肩を貸して、部屋に連れ戻った。橋爪はそれを追っかけて二階に上がった。何回も沼島の顔を拳で殴りつけ、髪をつかんで階段下まで引きずり降ろしてきた。在日の分際で、俺に逆らうのかって言ってたな。でも沼島は最後まで手を出さなかった。ものすごい目をしてたけどな」

美奈子は絶句した。

「さすがにこのときは店の従業員全員で橋爪を止めた。その夜はそれで収まった」

「どうしたんですか？」

英里が口を挟んだ。

「三日後、橋爪が失踪した。ありがちな話だが、学生の集金代行分一五〇万円と一緒にな」

インターネットが発達し、新聞がネットで読め、しかも代金をネット経由で支払える時代になっても、当時と今も販売の第一線の状況は変わっていない。

「一五〇万円っていったら、店の月間売り上げの半分だ。先代は当然慌てたね。でも、橋爪が失踪してから、二日後に集金鞄が出てきた。しかも店の作業場からだ」

「どうしてですか？」

「分からん。しかし、その前の晩、えらく大雨が降った日だった。夜一一時半くらいだった。夕刊配達から戻り、普段だったら一番風呂に行っているはずの沼島がいなくなっていた。それだけではなく、突然深夜にずぶ濡れで戻ってきた。どうしたって聞こうかとも思ったんだが、聞けなかった」

「なぜ聞けなかったんですか？」

「目だよ」

美奈子と英里は顔を見合わせたあと、二人同時に尋ねた。

「目？」

「そうだ。うまくは言えないが、あれは何かをやらかした人間の目だ。血走ってはいるが、それを必死に装おうとするときの目付きだ」

英里が小刻みに膝を揺すりながら、相川に話の先を聞き出そうとしていた。

「どうして見つかった手首がその橋爪とかいう男のものだと？」

「橋爪は、人前では絶対に左手にはめた軍手を取らなかった。食事のときでさえだ。ピンときたね。奴が事務所でうたた寝しているとき、そっと軍手の上から奴の手を触ったことがあったんだが、案の定、左手の小指、第一関節がなかった」

美奈子と英里は再び顔を見合わせた。言葉が出てこなかった。

「なぜ、そんなことが分かるかって言いたそうだな、お二人さん」

直後、相川は右手を左手のジャケットの袖口に添え、一気に捲り上げた。

相川の左手、腕時計の上から肘にかけて、唐草と竜が絡み合う絵柄の一部が鈍く光っていた。

「失礼しました」

美奈子は慌てて頭を下げた。

「俺もいろんな修羅場に接してきたからな。あの目は、絶対にそうだ」

三人の後ろを、黒いラブラドール・レトリバーを連れた老婦人がゆっくりと通り過ぎた。老婦人と相川は同世代だろう。しかし、二人の間には埋め切れない溝、目に見えない穴が大きな口を開けていた。かたや悠々自適で大型犬と過ごす週末で、かたやチェリーをふかしながら、自らの過去を明かす休日だった。

「その後、沼島さんはどうされてました？」

話題を変えようと、英里が再び切り出した。

「あの夜以降は、普段と何も変わらなかった。でも、翌日以降の冷静さは、逆に沼島の凄みを感じた」

「警察の事情聴取は？」

美奈子は正攻法で相川に尋ねた。

「手首が出てきたときに刑事《デカ》が二人、心当たりはないかって訪ねてきた。だけど腐敗が進んだ手首と橋爪を直接結び付ける決定打がつかめなかったから、すんなり帰ってそれきりだ。俺もデカに協力しようとは思わなかったし、沼島のことも話さなかった」

どこからともなく、この東伏見に現れた沼島は勤勉に働いた。いったい、何者なのか。

「その後、沼島さんが店を辞めたのは、何かきっかけでも？」

英里が尋ねた。

「高橋っていう拡張員がウチの店に来たときだ。沼島は高橋を案内した。二人はものすごい数の新規契約を上げてきた。そのとき、高橋にスカウトされたって言っていた。一カ月後、後を追うように沼島も辞めた」

「高橋って、あの高橋薫さんのことですか？」

英里が相川に食い下がった。

「そうだ」

「ねえ、その高橋さんって誰よ？」

「新聞の販売業界では有名な拡張員よ。今は別の業界にいるけどね」

英里はPCを取り上げると、大和新聞のデータベースを検索ページに切り替え、すばやく文字をタイプした。

「この人よ。知っているでしょう？」

モニターには、ホテルの会見場でにこやかに微笑む中年男の姿があった。写真キャプションには『過去最高益を達成、自信満々の表情で会見に臨む新興不動産投資会社・浪越の高橋薫社長』とあった。都心に次々と賃貸や分譲マンションを建設すると同時に、同業他社のチェーン店を根こそぎ買収して話題を集めている人物だった。

徐々にではあるが、自分を陥れた男の足取りがつかめてきた。

「今度は高橋氏に直当たりしてやる」

美奈子はベンチから立ち上がっていた。

5

会議室を後にした潤一郎は、合宿所の自室に駆け戻った。

〈皆さんがお持ちのＵＥＷ株、正真正銘の本物でございます〉

ほんの五分程前、会議室の壁越しに聞いた言葉が、なんども潤一郎の頭の中で反響した。

タイタン佐伯は、ビジネスマンだ。格闘技ブームに押され、昔ながらのプロレスは先細りしてしまう。興行収入とテレビの放映料だけでは、経営の安定度は保てない。そう考えたからこそ、株式公開を計画した。

そのために、金融コンサルタントの沼島という男をアドバイザーに迎え、準備を進めている。だが、先ほどの会議室の様子は、不自然だった。休日の本社で、隠れるように投資家向けの説明会を行うものだろうか。

曲者のベテランレスラー、大和田がいたほか、一目で暴力団構成員と分かる男も会議室に向かっていた。香水のきつい場違いな女の存在も潤一郎の不信感を増幅させた。

潤一郎は、小さなデスクに向かった。ノートパソコンを開くと、インターネットの検索画面に目をやった。

〈UEW　株式　新規公開〉

思いつくままに、キーワードを画面に打ち込んだ。二秒後、検索結果の画面一覧に、数十のヘッドラインが並んだ。

一番先頭には、UEWの公式ホームページが出ていた。「株式会社UEW」がヒットした。画面をスクロールすると、UEWの公式グッズを扱うスポーツメーカー、レスラーのテーマ曲を制作するプロダクションの名前がヒットした。

潤一郎は、次ページの欄をクリックした。

〈未公開株詐欺被害に注意＝新規公開を謳う手口……〉

目を凝らした。先ほどとは違うトーンの検索結果が並んでいた。試しに、一番上の欄の見出しをクリックした。

〈新規公開が予想される銘柄一覧＝詐欺師はこんな銘柄を狙う〉

個人投資家とおぼしき人物が、ネット上の様々な噂話を拾って自身のブログに張り付けていた。

〈大田原薬品、ミラクルビール……著名非公開企業が狙われる〉

ブログには、オーナー系巨大企業の名が二〇程度出ていた。老舗オーナー企業が株式を上場すれば、確実に値上がりする。上場前になんとか株を分けてもらえれば、濡れ手で粟ということだ。

潤一郎はさらにリストの下方向に目を向けた。

〈最近はエンターテイメント企業も詐欺師に使われる……オニオンプロダクション……〉

著名な芸能事務所の名があった。マウスを動かし、画面を次のページに切り替えたとき、潤一郎は手を止めた。

〈選手補強のため、プロ野球球団が株式公開するとの噂が出た〉

プロ野球の文字を見た瞬間、肩が強張った。先ほどの会議は詐欺に使われていたのか。潤一郎は頭を振った。タイタン佐伯は、秘かに株式公開を想定し、動き始めていた。だが、会議室の面々はやはり不自然だった。

潤一郎は画面に目をやり、ブログの続きを読んだ。

〈株式を悪用した詐欺としては、西大后株式の偽TOBを巡って現役の新聞記者が巻き込まれた〉

最近自身が大損害を被ったばかりの銘柄が現れた。潤一郎は「西大后」と書かれたフォントにカーソルを合わせた。すると、画面が切り替わった。「大和新聞」のロゴとともに、西大后事件を扱った記事が現れた。目を凝らすと、署名欄に潤一郎が良く知る名前が載っていた。

〈経済部・菊田美奈子記者〉

潤一郎はベッドに放り出した携帯を摑むと、アドレス欄を繰った。

6

六本木交差点から乃木坂方向に二筋ほど進んだ小道脇にあるバー。取材先のファンド・マネージャーに連れられてきて以来お気に入りにしている店で、美奈子は潤一郎を待った。

美奈子は手元の小型PCに視線を固定させた。先ほど受信したメールには、素永がここ二、三カ月の間に得た取材成果が簡潔なメモとして記されていた。

〈菊田へ　証券取引等監視委員会は近く、東京地検もしくは以前から沼島をマークしていた警視庁捜査二課に西大后株価操縦の件を告発する〉

〈西大后事件の画を描いた沼島については、他の銘柄の操作にも関与している疑い強し（例のネット証券のダミー口座もしかり）。が、一切証拠が残っておらず、しっぽをつかめない監視委も手を焼いている。肝心の沼島、株価操縦だけでなく、未公開株に絡んだ新手のビジネスにも手を染めているとの情報アリ。素永〉

素永からのメールのタイトル欄を見ると、二つのクリップの絵が表示され、ワードのファイルが添付されていた。

美奈子はファイルを開けた。そこには、簡単な未公開ビジネスのマトリックスが記されていた。証券会社のコンプライアンス（法令遵守）部が出した資料だった。

〈『取扱厳重注意／未公開株の裏ビジネスについて』

昨今、上場間近との謳い文句とともに、著名非上場企業の未公開株が一部の金融業者（金融ブローカー）のみならず、一般投資家の間に出回っている。典型的な例を以下に記すので、各支店の営業窓口等で注意を促すよう、関係部署に通達されたし。

①縁故のある株主等から未公開株を少数譲り受けたブローカーらが、券面のコピーとともに偽造した上場方針に関する念書を添え、一口数万から数十万円で販売　②実際に説明会などを開催して上場間近との印象を強く植え付ける　③無名企業から著名企業まで複数の未公開株（見本やコピーの場合も）を持ち歩き、顧客に買わせる、等々。実際に窓口にこうした株を持ち込む顧客は少ないと思われるが、水面下では既に数十億から数百億円にまで市場規模の裾野が広がっているとの推計もあり……〉

美奈子がＰＣの前で首をかしげたのとほぼ同時だった。

「俺、場違いじゃないのかな……」

潤一郎が気まずそうに立っていた。

「美奈ネエ、こんな時間からワイン飲んで平気なの？　まだ六時半だけど」

「平気よ、私、今は記者じゃないもん」

「どうしたのさ」

「ある金融ブローカーの策略に嵌められちゃったのよ」

「金融ブローカーって」

潤一郎の表情が曇った。美奈子は語気を強めた。

「どうしたの？　心当たりでもあるの？」

◆

美奈子は、幼なじみを相手に西大后事件の経緯を事細かに説明した。一方、潤一郎の言葉は徐々に少なくなった。

「ねえ、どうしたのよ。私の話、ちゃんと聞いてる？」

潤一郎は、いたずらを咎められたときのように俯き、そして力なく頷いた。

「その西大后の話、間接的に俺も絡んでいる……ごめん」

「どういうこと？」

眉間に深い皺が現れたのが、自分でも分かった。

「その金融ブローカーって、沼島って名前だよね」

「あの怪しい外人はUEWの仕込みなの？　いったい誰？　今どこにいるの」

美奈子は潤一郎の右肩をつかむと、力いっぱい揺すった。

「ペドロ・ロドリゲスの件は、俺も翌日の新聞読んでびっくりしたんだよ。なぜ、彼が会見場にいたのかってね。彼は、エル・プランチャーだよ。もうとっくにメキシコに帰ってる。今から思えば、あの会見に出ることでギャラをもらってたんだ」

「でも、なんでエル・プランチャーがTOBを？　それも沼島の画策？」

「詳しくは知らない。俺が社長室に行ったとき、佐伯社長と二人が打ち合わせをしていたのは事実だよ」

美奈子はPCを取り出し、素永から受け取ったワードのファイルを開いた。

「ね、潤ちゃん。沼島って男、UEWのIPOとかなんとか言ってないかしら？」

美奈子が取り出したPCの画面を、潤一郎は食い入るように見始めた。

「これはね、最近金融ブローカーが株式未公開の企業を食いモノにしているから、注意しろっていう文書なの」

「実はね、JPOやるって話が出始めているんだ。そこに、いきなり沼島氏が現れた」

潤一郎は大和田毅を筆頭に人相の悪い人間たちが、ＵＥＷの会議室に集まっていたと告げた。

「それって、この未公開株ビジネスの典型的なパターンじゃないのかしら」

美奈子は腕を組んだ。やはり、沼島という男がカギだ。

「ところで、ＵＥＷに沼島を紹介したのは誰なの？」

「浪越、つまりウチのテレビ中継のスポンサーだけど、社長の高橋さんだと思う。佐伯社長のお供で高橋さんの飲み会に行ったんだけど、沼島さんもぴったりと傍らにいたからな」

「ねえ、今度、沼島に会うのはいつなの？」

「分からない。でもどうして？」

「直接会って、聞いてみる」

「美奈ネエ、会ったことあるじゃない」

「からかわないでよ。私、沼島とは面識ないわよ」

「だからさ、一月の正月興行最終日の日、隣の席に座っていたのが、沼島さんだよ」

「私、会ってるの？」

「巽がボンゴ鈴木さんと場外乱闘になって、一緒に退避したでしょ？　あまり身長は高くないけど、がっちりして。ほら、左目の上に青黒い痣のある人だよ」

「あっ」

今度は美奈子が大声を出す番だった。下目黒の捜二事務所で見せられた男のショット、そして、東伏見で足取りを追った男。後楽園ホールで突然報道関係者かと問いかけてきた男の顔が、すべて一致した。

「この前、私、警視庁に呼ばれたんだけど、そのとき、警部が沼島の写真を持っていた。ねえ、潤ちゃん、なんとかして直接会って話を聞けないかしら」

「それは危険だと思うな。一応、ウチのアドバイザーだし」

「浪越の高橋社長に会ってみるのはどう？　この前、沼島の足取りを追っていたら、高橋社長と沼島の接点を見つけたの。私がアポイント取るから。理由はなんとでもなる。潤ちゃんも一緒に来て」

「分かった」

二人の幼なじみは、カウンターで作戦会議を続けた。

7

東京メトロ日比谷線神谷町駅を出た二人は、ホテル・オークラに向かう緩い坂道をゆっくりりと上った。

「俺、ちょっとだけど株式投資しているんだ。それで、昨日の晩、気になって今日これから訪ねる浪越の株価動向を調べていたんだ」

「何が気になったの？」

「それがね、昨日から、株価がほとんど棒下げ状態なんだ」

「悪材料は？」

「通信社や業界新聞のネットニュース、投資家向けの掲示板とかこまめに見たんだけど、さっぱり理由が分からない」

「コード番号は？」

「８９×○」

「ちょっと待ってて」

美奈子はジャケットから携帯電話を取り出すと、外資系証券のセールストレーダーを呼び出した。

「山本さん？　ご無沙汰しております、大和の菊田です。少しだけよろしいですか？　８９×○の浪越って、何か悪材料出ましたか？」

〈何も聞いてへんけどなア。ごっつい下げ方しとるさかい、俺も気にしてたんや。多分、どっかの自己売買部門のディーラーが誤発注、つまりテンキーのミスを出しよって、みんながえげつのう寄ってたかって売り浴びせをしているっていうのが定説なんやけど〉

電話を切った美奈子は、肩をすくめた。

「PCの数字のキーで『0』ってやるところを間違えて『000』のところを押しちゃった人がいるんじゃないかってことだけ」

「高橋社長、株価にシビアだからな。機嫌が悪くなきゃいいけど」

テレビ東京本社脇を通り過ぎ、美奈子と潤一郎は坂の中腹までたどり着いた。

美奈子は地上二〇階建ての浪越本社ビルを見上げた。光沢のある大理石を模したパネルが五階付近まで張られ、大理石部分には金色の虎を模した装飾が一〇メートル間隔で施されている。それより上のフロアは、強化ガラスで覆われたオフィスだった。

◆

一階の受付席は、美奈子の抱いていた違和感をさらに増幅させるものだった。金髪、日焼けしたサーファー風の受付嬢は、ガムを噛みながら来客を捌いていた。

受付嬢の背後には、浪越が自社のマンションのブランドとして使用している「プラーカ」のポスターがでかでかと張り出してある。夜景を背景にそびえ立つ「碑文谷プラーカ」。IH

身者向けのマンション開発で業績を伸ばしてきた浪越が、世帯向けのマンションに進出する足がかりとなる一押し物件だった。その横には、キャラクタータレントのヒップホップ歌手の横顔が見える。

広告代理店の営業マンとおぼしきセル眼鏡の男のあとが、美奈子の順番だった。

「大和新聞の菊田とUEWの本条です。午後一時から高橋社長とのアポイントメントがあります」

「はあーい」

サーファー風の受付嬢は間延びした声を発したあと、美奈子と本条に視線を合わせぬまま、手元の手書きノートを繰った。

「二〇階の社長室に直接行ってください。えっと、社長居ると思いますから」

美奈子は肩をすくめると、潤一郎に視線を合わせた。

「社員教育はどうなってるの」

「イケイケの営業部隊ばっかりの新興企業だからさ」

受付席奥のエレベーターホールに着くと、ダブルのストライプのスーツに身を包んだ男たちが五、六人、小さな灰皿を前に煙草をふかしていた。

二〇階に着くと、潤一郎が美奈子を先導する形で、ホテル・オークラ側に歩を進めた。総ガラス張りのフロアからは、オークラの中庭の緑が見える。

潤一郎がドアを力強くノックしたあと、美奈子は部屋に足を踏み入れた。

「おお、潤ちゃんか。今日は新聞記者さんも一緒なんだよな」

設計図面や試作段階のポスターが所狭しと置かれている執務机、老眼鏡を鼻にちょこんとかけたはげ頭の高橋社長は、目を細めた。

「いきなりで悪いんだが、昨日からウチの株価が下がってるんだ。証券会社の担当者に聞いても情報がひっかかってこない。そちらの記者さんは何か知ってるか？」

「誤発注ではないか、との話はでておりますが、それ以上は」

顔をしかめた高橋は執務机を離れると、二人に応接セットに座るよう促した。高橋は巨体をブルーのスーツで包み、大儀そうに座った。スーツと揃いのベストからセブンスターを取り出すと、金無垢のライターで火を灯した。

「今日はたしか沼島のことを聞きたいって話だったよな。奴の何を教えればいい？」

美奈子は、名刺を差し出しながら、西大后の株価操縦にかかわる顚末を説明した。潤一郎は、ＵＥＷ会議室での謎の会議の一件を話した。高橋は目を閉じ、ひたすらセブンスターを吸い続けていた。

「すべて沼島が絡んでいるって言いたいのか？」

美奈子と潤一郎は強く頷き、高橋に視線を向けた。

「奴を育てた俺んとこに来たってわけだな。それじゃ、俺が昔何をしていたかは知ってるよな」

美奈子は大きく頷いた。

「なぜ、俺が新聞の拡張員になったか、そこから話せばいいか？」

社長室は青白い煙が充満していた。煙の奥では、高橋の目から鈍い光が発せられていた。

「見ての通り、俺は昔バブル紳士って属性にいた人間だ。土地神話が華やかなりしころは、土地ころがしでひと財産作った。しかし、当時の大蔵省の総量規制導入で金繰りがおかしくなって、一巻の終わり。それで、手っ取り早く金を稼ごうと、大学生時代にやった拡張員になって、日銭を稼いでいたってわけだ。こつこつと都内中を歩き回り、土地価格の情勢と自分自身の再起のタイミングを見極めていたんだ」

煙のせいで、美奈子の喉はからからに渇き始めた。

「なぜ沼島かって話だよな。奴の区域を一緒に回りながら、観察した。区域の客にかわいがられていたよ。でも、どこか、客と線を引いているっていうか、壁を作っているんだな。それで、二回目の拡張をかけたときだ。ちょっと話を聞いて、奴の様子をみようと思ってね。公園、なんていったっけな、あの早稲田の運動部の合宿所近くのどんよりした池だった」

「練馬区の武蔵関公園です」

美奈子は、かつて東伏見専売所の相川と訪れた公園の名前を反射的に口にした。

「そこで、奴にホカ弁おごってやってね。いろいろと世間話をした。俺が会社を潰して再起を図っているって言ったら、興味を持ち出したみたいでね。在日韓国人で、家業のトラブルでまともに高校も卒業していないって生い立ちを話し始めた」

そこまで一気に話すと、高橋は、くしゃくしゃになったハンカチで、額に浮き上がった汗をせわしなく拭った。

セブンスターの灰がぼろぼろと応接テーブルにちらばった。そのとき、美奈子の携帯電話がメールの着信を告げ、振動した。美奈子は画面を見ずに着信をやりすごした。

「どこまで話したんだっけ？」

「俺は聞いたんだ。販売員の仕事で一生終わりたいのかってね。そしたら、奴は強く首を振ったね。これからはインターネットが盛んになるだろうからって古いパソコンを早稲田の学生から譲ってもらって、勉強しているって言ってたな。それに会計やら株式の勉強もな。この辺は、もう調べたんだろう？」

美奈子は強く頷いた。

「その後、俺はデベロッパーとして再起した。そこで奴を秘書みたいな職に就けたんだ。奴が仕事に慣れ始めたころ、面白いネットワークがあるって教えてやった」

「なんですか、そのネットワークって？」

「起業家倶楽部って会員組織だ。聞いたことあるだろう？　潤ちゃん、おたくの佐伯社長もメンバーだ。俺はそこの副会長」

「どういう組織ですか？」

「新興のベンチャー企業の社長や幹部が集まって、月に二回朝食会を開くんだよ。来月はウチが幹事社で、会合をセッティングする順番だ。著名なコンサルタントや学者なんかを講師に呼んでいる。あくまでもオモテの顔だがな」

オモテという言葉に美奈子は顔をしかめた。

「俺たちは、成り上がり集団だ。銀行からまともに融資を受けられない。この倶楽部は、新興企業同士が集まって金を融通し合ったり、互いの株を持ち合ったりしているんだ。はぐれ財界って言ってもいいかもしれない」

高橋は天井に目を向けていた。

「俺たちは衆議院議員の脇坂博文先生を顧問にして正式に起業家倶楽部を立ち上げた。脇坂先生は、在日韓国人で、日本に帰化した特殊な前歴をお持ちのお方だった。反骨精神がおありで、我々のようなはぐれモノを応援してくれたんだ。あんな形で自殺に追い込まれたのは、大変残念なことだったがな。ちょうど俺が起業家倶楽部の幹事役になるとき、沼島は事務局専任のスタッフになった。そこで、メンバー企業の間で様々なコネを作り、事務局から独立してブローカーになったのさ。そこに収益の場も出てくる。頭の回転の速い奴なら、そこに目をつけないはずがない」

「具体的に何をするんですか？」

「これは絶対に書くなよ」

高橋は巨体を前傾させ、下から美奈子を見上げた。

「それぞれジャスダックや東証マザーズに上場している連中が、互いの情報を使って株をトレードし合うんだよ。新製品や人事の情報、はたまたファイナンスのネタなど、事前にやりとりするわけだ。その後は、証拠が残らないように、株を取引する」

「社長、違法取引じゃないですか！」

「もちろん違法だ。でも、証拠は残していない。つまり、証拠は沼島のような金融ブローカーがダミーの口座を経由して、綺麗に消してくれるっていう寸法だ」

「高橋社長、いつもＵＥＷのレスラーを食事に連れていっていただいている原資は？」

「そうだ、すべて俺のポケットマネー。すなわち違法な株取引の収益が出たものだ。今どき、会社のカネであんな豪遊はできんよ」

　美奈子は頭を振りながら、ため息をついた。

「それだけのお金が動く世界であれば、何らかのトラブルがあったんじゃありませんか？」

　今度は高橋が強く首を横に振った。

「俺との間、それにメンバー企業との間でもなかったよ。奴は頭の回転が速くて、腰も低い。便利屋的に奴を利用するメンバーもいたようだが、奴は何の不平不満もなく仕事をこなしていた」

「具体的には、どんな感じだったんですか？」

「俺たちの〝株取引〟の噂を聞きつけ、便乗させろって迫ってくるマル暴の連中を捌いたりしていた。当然、様々な利害関係がぶつかり合うわけだから、奴は法務の面でも理論武装していたし、汚れ仕事をやってくれる弁護士ともつながりを持っていた。高校中退だって言っていたけど、あれだけの人材は米国のビジネススクール上がりのエリートでもそうはいない」

「沼島さんのご出身地はご存じないですか？」

　ペットボトルからお茶を一気飲みした潤一郎も口を開いた。

「たしか東北だか北の方じゃなかったかな。雪がたくさん降るとかって言っていたから」

8

「あまり収穫なかったね……」

浪越の本社を後にした二人は、神谷町駅に続く緩い坂道を下っていた。

「そういえば、美奈ネエ、さっき携帯電話が震えていたけど」

「そうだった」

美奈子はジャケットから携帯電話を取り出した。

美奈子は手元の小さな液晶画面に釘付けとなった。

〈菊田さま　浪越の件、誤発注と違うたわ。誰かが確信犯的に信用取引で売り続けとる。しかも需給関係を一気に崩すくらい大量の売り。これやったら、棒下げになっても当たり前や。浪越になにかスキャンダルでもある？　いずれにせよ、これから追随して売りを出す連中も増えてくるで。何か分かったら教えて　山本〉

「信用の売りってことは」

メールを横からのぞいていた潤一郎が怪訝な表情で美奈子を見つめていた。

「目先の株価が下がりそうだと踏んだ投資家が浪越株を借りてきて売っている。もし突発的な売り要因が出て浪越株が急落するようなことになれば、下がったところで買い戻しを入れれば、ものすごい利益よ」

二人は腕組みして考え込んだ。

「潤ちゃん、高橋社長の携帯番号知ってる？　誰が売っているかは不明だけど、この山本さんって人は信用できるトレーダーで情報網は確かよ」

「了解」

潤一郎はジーンズのポケットから携帯電話を取り出した。小声で二、三言話したあと、潤一郎は首を振った。

「高橋さん、心当たりは全くないって」

「女性関係とか、スキャンダルの線はどうかな？　写真週刊誌とかそのあたり。ごくたまに、発売日前の雑誌がもとで株価が乱高下することがあるわよ」

「確かに地上げまがいの土地取得とか、派手な女性関係が経営雑誌なんかで叩かれたことはある人だけど」

潤一郎が肩をすくめて言ったとき、携帯のメロディーが流れ始めた。

「大方、雑用だよ」

潤一郎はため息をついたあと、電話を耳に当てた。

「え？　先ほどお会いしたばかりですよ。そんなはずはないです。ええ、とりあえず戻ります」

「どうしたの？」

「社長からだったんだけど、高橋さんが逮捕されたっていう噂が流れているって」

突然飛び出した言葉に、美奈子は耳をうたがった。

「さっき会ったばかりじゃない。それに何の容疑？」

「俺も佐伯社長にそう言ったさ。でもウチのタニマチ筋からそういう情報が入ったっていうからさ。ひとまず会社に戻れって言われた」

「ちょっと悪質すぎないかな、ネット上の流言飛語じゃないんだから。一応、私も調べてみるけど」

「とにかくタクシーで帰るよ」

潤一郎は歩道脇のガードレールを勢いよく飛び越え、タクシーをつかまえた。潤一郎を見送った美奈子の脳裏には、再び大量の信用売りというキーワードがにじみ始めていた。

逮捕が真実なら、大量の売りを仕掛けた人間は大儲けできる。

首を振って仮説を否定したものの、美奈子の足は浪越の本社に向かっていた。そのとき、ポケットの携帯電話が震え出し、メールの着信を告げた。

〈浪越、ストップ安売り気配。社長逮捕のルーマーが広がっとるわ。ホンマかいな？　確認取ってくれへん？　山本〉

業界随一と言われる情報網を持つ山本のアンテナにも逮捕の噂が届いている。美奈子の足取りは自然と駆け足に変わっていた。

9

「『東証一部上場企業社長、覚せい剤所持で電撃現行犯逮捕！』

……警視庁愛宕署は東証一部上場の不動産投資会社・浪越社長の高橋薫容疑者（59）を覚せい剤取締法違反で逮捕した。調べによると、同容疑者は微量の〇・五グラムの覚せい剤を所持していた。かねてから内偵を進めていた同署員により、同日昼過ぎ、浪越本社を出た直後に逮捕された。本人は覚せい剤の使用を強く否定、所持していたことについても覚えがないと主張しているという。浪越は一九九八年創業。単身者向けマンション開発で業績を拡大させ、東証一部には……』（夕刊セブン）

「『どうなる宅建業免許　浪越、突然の経営危機に動揺』

……創業者である高橋薫容疑者が覚せい剤取締法違反の現行犯で逮捕された新興不動産投資・浪越に動揺が広がっている。同社業務の要であるマンション開発と販売にあたっては、宅地建物取引業（宅建業）免許が必要だが、宅建法では、役員以上に禁固刑以上の刑が確定すると免許が取り消される規定がある。同社長逮捕に伴い、将来的に同社の免許が失効する恐れが急浮上、新興企業の社内に動揺が広がった形だ。国土交通省は現在確認中であり、コメントできないとしているが、捜査当局の動きに細心の注意を払っていることを明らかにしている。高橋容疑者は依然容疑を全面的に否定しているが……」（帝都通信社）

大和経済研究所の自席に戻った美奈子は、ため息をつきながら夕刊紙と通信社の記事に見入った。昼に会ったばかりの人物が突然逮捕された。同時に、社長の逮捕を見越したように出された大量の売り注文も気がかりだった。美奈子は手元の電話を兜記者クラブにつないだ。

「素永キャップですか？　浪越の件なんですが」

美奈子は、潤一郎とともに浪越本社で高橋を訪ねていたことを素永に説明した。

〈高橋は頑強に容疑を否定しているそうだが、現行犯じゃ、きついよな。奴はシャブをやりそうな奴か？〉

「薬物で飛んでいる感じではありませんでした」

〈もし沼島が絡んでいたら、危険だぞ。デベロッパーに宅建業免許が必要不可欠で、そこにシャブを絡ませるなんていう手の込んだことをやる奴だ〉

沼島が事前に信用売りを仕掛けていたとすれば、巨額の利益が出ている。なぜ、恩人である高橋を陥れたのか。美奈子の脳裏には沼島の写真が、急激なスピードで引き伸ばされていった。

10

夕刊セブンを握り締めた潤一郎は、息を整えてタイタン佐伯の部屋の前に立った。仮に高橋の逮捕劇に沼島が絡んでいたとすれば、UEWも沼島の餌食にされかねない。タイタン佐伯に沼島との関係を問い質し、その関係を断ち切らせようと決意していた。

タイタン佐伯は、次期シリーズ向けに刷り上がったパンフレットの見本を熱心にチェックしていた。潤一郎に視線を向けぬまま、佐伯はつぶやくように話し始めた。

「沼島氏のことか?」

「そうです。今回の高橋社長の件、それに以前ウチの会議室で怪しい説明会も開かれていました」

「俺に意見をしようってのか？」

「そのつもりです」

タイタン佐伯は深くため息をついたあと、パンフレットの見本をデスクに放り出した。

「ウチだって金繰りが苦しいときはある。昨年末、金繰りが一時的に苦しくなったとき、沼島が二億円をポンとポケットマネーから短期で貸し付けてくれた。もちろん、年明け後すぐに返済した。一月のシリーズ最終戦に特別リングサイドに彼がいたのもその礼だったんだ。その後、奴はウチの金繰りに関することにしばしば口を出すようになった」

「それで、ウチの株、実際の券面を貸したんですか？」

「そうだ。ウチに迷惑はかけないからって言ってな」

「これは想像ですが、沼島氏はウチの未公開株に〝近く上場します〟っていう念書をつけて金を集めていました」

「俺は知らん」

「UEWは確かにあなたが作った会社であり、あなたは看板です。しかし、UEWという会社は社長だけのものじゃないんですよ」

「沼島とはもう手を切りたい、真剣にそう思っている。奴を取り込んだのは大きな失敗だ。だが、おまえも知っているだろう。来年の番組改編期に、ウチの中継の枠が一週間に一回から、二週に一回に減らされそうなんだ。この意味が分かるか？」

「資金繰りが一段と厳しくなるということですか？」

「放映権料が半分に減ったら、ＩＰＯなんてとてもできる状態じゃない。それにもまして、今回の高橋社長の逮捕劇だ。万が一、浪越が倒産するようなことになってみろ。テレビ中継のスポンサーはどうなる？」

「大学の同級生で、真っ当な金融マンがいます。何かできるか、聞いてみます」

それだけ告げると、潤一郎は足早に社長室を後にした。沼島からもう一度資金の融通など受けてしまったら、ＵＥＷは本当に骨までしゃぶり尽くされてしまう。潤一郎は携帯電話を取り出し、すがるような思いで旧友のナンバーを押した。

11

幼なじみ二人組は、高橋が逮捕された三日後の夜、潤一郎の旧友、浜田雅人とともに、四谷三丁目の四川料理屋で顔を合わせた。

「そんな怪しげなブローカーとは絶対に手を切った方がいいな」

浜田は手酌でグラスに老酒を満たし、潤一郎に目を向けていた。浜田は、潤一郎と同じ大学に通い、米系の老舗投資銀行、モンタギュー証券の投資銀行部に就職した。

「いい方法って何ですか？」

「プロレス・ファンドを作ればいいんですよ」

「ファンドって？」

「以前、グラビアアイドルの証券化商品があったのはご存じありませんか、菊田さん？」

「記者クラブのスクラップブックに出ていたような気がします」

「個人投資家から五万〜一〇万円の出資を募って、それを元手にアイドルたちのグラビア写真集やCD、DVDなんかをリリースする。売り上げが伸びれば、出資者への配当、この場合は出資者印税が増えるっていう仕組みですよ。それをプロレスに置き換えればいい。以前から、ハリウッドの大作映画を作るときにこの仕組みは使われていました」

「つまり、ウチのファン向けにファンドを組成する。広く出資を募って、写真集とはいかないまでもDVDやらを作って売ればいいと」

「興行そのものもファンドの出資対象にすればいいんだ。アイドル・ファンドは、今盛り上がっている萌えビジネス。萌え系の人たちは、景気に左右されることなく、応援する女の子たちにはカネを出すだろ？　プロレス、特にUEWみたいなメジャー団体だって、固定のファンが多い。中には熱狂的って人たちもいるはずだ」

自身たっぷりの表情で浜田が告げた。

「プロレス・ファンドか、面白い。見出しが立つわよ！」

「佐伯社長を説得してみる」

「これで難問が解決しそうね」

「あとは、いつこの話を切り出すかだな」

「切り出すって？」

「いいかい、沼島氏がおいしい物件をそう簡単に手放してくれるかっていう、難題が残っているんだよ」

「あ、そうか。でも、それって社長の仕事でしょ」

「そりゃ、そうだけど、後ろで俺が画を描いたってのはバレバレだろうし」

潤一郎が下を向くと、浜田が口を開いた。

「ちゃんとした弁護士を雇って利害関係をすっぱり断ち切るしかないだろうな。何なら、二、三人紹介しようか？」

「そうしてもらえるかな。法的な裏付けを作って関係を切れば、ひとまずは大丈夫だと思う」

「でも、今みたいな状態を放っておくよりはいいよね。よし、じゃ、ひとまず乾杯だ！」

美奈子は手酌でタンブラーを満たしたあと、潤一郎と浜田に乾杯を促した。が、一座のムードは今一つ盛り上がらなかった。

12

「私はこれから社に戻って、アイドル・ファンドの資料を集めてみる。あとで潤ちゃんにファイルをメールしておくから。ちゃんと企画書作るんだよ」

そう言い残すと、美奈子は右手を挙げ、タクシーをつかまえて走り去った。潤一郎は肩をすくめた。

「悪いな浜田、強烈な幼なじみで。これからどうする？」

「もうちょっとだけ、アルコールを入れようか。久しぶりだし、つき合えよ」

「この辺で店を探そうか」

潤一郎が答えたとき、外苑東通りの緩い上り坂を小柄な老人と腕を組んで歩いていた女が潤一郎の脇を通り過ぎた。

潤一郎は老人に笑顔を振りまいている女の横顔に釘付けとなった。本社会議室で接した香水だった。

「昔の彼女か？」

老人と女の二人は、荒木町の杉大門通りに吸い込まれていった。潤一郎の視線は、二人をとらえ続けた。

「どうしたんだよ？　飲み屋のママが常連客と同伴出勤しているだけじゃないか」

「同伴出勤って何だ？」

「そんなことも知らないのかよ。お得意さんと夕飯を食べて、そのまま店に誘導することだよ」

「あの女、UEWの未公開株に絡んでウチの企画兼経理担当役員だって名乗っていた。悪いけどつき合ってくれ、カネは俺が払うからさ。それに俺はお店の常識ってやつがないし、頼むよ」

「そうじゃない」

一五メートル先、歩みの遅い小柄な老人の腕を取り、女はゆっくりと歩いている。女は襟元にファーをあしらったベージュのコートをまとっている。潤一郎と浜田は、先を行く二人のゆっくりとした足取りに合わせながら、杉大門通りを新宿通り方向に歩いた。

外苑東通りと新宿通りを結ぶ通りの中程、雑炊屋の路上看板の先で、二人は雑居ビルの中に吸い込まれた。

潤一郎と浜田は小走りで雑炊屋の看板脇までたどり着くと、雑居ビルの入り口をのぞき込んだ。だが、二人の姿は既にない。入り口奥には、「スナック・みちこ」と書かれた紫色の看板がある。

「さっきの女、スナックって感じじゃないな」

スナック・みちこのドアの脇、薄暗い階段が地下に通じていた。浜田が先陣を務め、一五段ほど下ると、ドアが見えた。階段脇の壁からスポットライトを当てられ「リバホ」の文字が浮かび上がっている。

浜田は真鍮《しんちゅう》製のドアノブを押した。

◆

「クラブっていうより、ギャラリーみたいだな」

浜田の後に続いて店に足を踏み入れた潤一郎は、ネイティブ・アメリカンの工芸品が埋め込まれた珪藻土の壁を見渡した。

五〇センチおきに間接照明用の小さなランプが埋め込まれ、工芸品を効果的に照らしている。入り口からは店の全景が見渡せないが、ピアノを主体にしたヒーリングミュージックが静かに流れている。浜田に続いて、潤一郎は店の奥に進んだ。

「いらっしゃいませ」

細身の体をヴェルヴェットのジャケットで覆った女が、歩み寄ってきた。

「どうも。初めてなんですが、いいですか？」

浜田は落ち着き払っていた。女は多少とまどったあと、店の奥に視線を送った。

「一見《いちげん》さんは入れない仕組みになっているようだ。ま、ここからは任せておいてくれ」

浜田は潤一郎を振り返ると、ウィンクしてみせた。

「少々お待ちいただけますか。今、ママを呼んで参りますので」

細身の女は踵《きびす》を返して、カウンター奥、先ほどの老人に水割りを作っていたママのもとにゆっくり歩み寄った。

「本当に大丈夫か？　なんだか、敷居が高そうだけど」

潤一郎は、店内を見渡した。カウンター横のソファー席は一段フロアが低くなっている。白いソファー席には二組の先客がいた。髪を七・三に分けた銀行員風の男が二人、その隣の席には、トミー・ヒルフィガーのポロシャツ、ロングの髪にサングラスを乗せたテレビ業界風の男。若手ディレクターとおぼしき青ぶち眼鏡の青年がグラスを傾けている。それぞれに席には、薄手のニットをまとったショートカットの女、ロングの巻き毛、ブラウス姿の女が接客していた。

「大丈夫だよ。ここまで来て、おどおどすんな」

小声で浜田が潤一郎をたしなめた直後、あの女が二人のもとに静かに歩み寄ってきた。

「いらっしゃいませ、どなたかのご紹介でしょうか？」

女は笑みを浮かべながら、二人を慎重に値踏みし始めた。

「みずき銀行役員の方に荒木町にいい店があるって聞いていましてね。綺麗なママがいらっしゃって、ネイティブ・アメリカンの名前がついた店だってうかがっておりまして」

以前、UEW本社で企画兼経理担当役員と名乗った女は、浜田のスーツ、そしてビンテージのロレックスに視線を向けた。次いで、磨き上げられたジョン・ロブのブーツを一瞥したあと、今度は潤一郎に視線を向けた。女は一瞬、目を細めて小首をかしげたが、潤一郎からすぐに目を離し、話し始めた。

「多分あの方ね。分かりました。どうぞお入りください」

女の年齢は三二、三三歳程度だろうか。二人を店の一番奥のソファーに通すと、後についてきた小柄な女にバトンタッチした。

「後でご挨拶に参ります。ゆっくりしてらっしゃってください。この子は和夏です。和夏ちゃん、よろしくね」

「いらっしゃいませ、和夏です。初めてお目にかかるお客様ですよね」

和夏と名乗った女は、おしぼりを広げ、浜田、潤一郎の順に手渡した。

「いい店だね。気に入った」

浜田が落ち着いた口調で言った。

「水割りでよろしいですか？」

「ボトルは何があるの？　シーバス？　それともブランデー？」

「シーバス、クラウン・ローヤル、シングルモルトといろいろございます」

浜田が一番安いシーバス・リーガルを頼むと、ほどなく和夏と蝶ネクタイ姿のボーイが水割りのセットを運んできた。

「お兄さんのお仕事は？」

タンブラーに氷を落としながら、和夏が小首をかしげ、潤一郎に視線を合わせた。

「普通のサラリーマン」

「実はコイツ、プロレス団体の営業マンなんだ。ＵＥＷって知ってる？」

突然、浜田が口を開いた。潤一郎が顔を向けると、浜田が目配せし、耳元に顔を寄せた。

「あとで名刺くれって言われる。ウソをつくと面倒だ」

浜田は落ちついた調子で言った。すると和夏というホステスが笑みを浮かべた。

「私、巽選手の大ファンなんです！」

はしゃぐ和夏の向こう側で、老人の相手をしていたママの横顔が一瞬固まった。潤一郎は女の変化を見逃さなかった。

◆

浜田が音頭をとって乾杯したあと、三人のテーブルにいつの間にかママが歩み寄っていた。

「和夏ちゃん、カウンターのお客様お願いね」

「ねえママ、こちらUEWの本条さんですよ。いつか話したじゃないですか、プロレス界のイケメンレスラー、巽選手の会社です」

「和夏ちゃん、聞こえなかったかしら？」

はしゃぐ和夏を見下ろした女は、強い視線でダメを押した。和夏は小さく舌を出したあと、ちょこんとおじぎをしてテーブルを離れた。

「すみません、ご挨拶が遅くなってしまって。このお店のママをやっております、倉本と申します」

先ほど浜田の値踏みをしていた女は、真っ先に潤一郎に角の丸まった名刺を差し出した。

『クラブ　ナバホ　倉本直美』

「はあ、申し訳ありません。今日は名刺の持ち合わせがなくて」

頭を掻いて恐縮したフリをしながらも、潤一郎は倉本直美を凝視した。細く手入れされた眉、二重瞼《ふたえまぶた》。目元近くでカーブのついた鼻。口紅の下からは、八重歯が一本のぞいている。口元は絶えず笑みを浮かべているが、二重の目は、笑っていない。

「千鶴子ちゃん、こちらのお客様のお席、よろしくね」

直美は別の女の名を呼び、浜田の席を指した。ほどなく現れた千鶴子は、浜田の横に滑り込み、腕をつかんで早速話し始めた。

「お客様、金融の方？　しかも外資系でしょ？　銀行の営業マンとは全然違うもの」

浜田も千鶴子に合わせて、大きめの声で応じている。その様子を見届けた直美が小さなメモを潤一郎のグラスの下に忍び込ませた。

「あとでそちらにいらっしゃってください。ここでお話はできませんから」

和夏という女がＵＥＷと言った瞬間、直美の横顔が一瞬固まった。やはり、感づかれた。ここまできた以上、後戻りはできない。潤一郎は頷くと、タンブラーの水割りを一気に飲み干した。

13

外苑東通りを早稲田方向に進むと、靖国通りと立体交差する橋、「曙橋」が見えてきた。

店を出るとき、浜田はすべてを察して潤一郎を気遣った。

「何も殺されるわけじゃない」

浜田と別れた潤一郎は、緩い坂を下り切った。

直美に指定された場所は、橋のたもとで早朝まで営業しているうどん屋だった。節だらけの杉板に、間接照明のスポットライトがあたっている。カウンター席には、店がけねたあとのホステス酔客が出汁巻《だしま》きたまごをつついていた。

『午前一時半には到着します。倉本』――。手元のメモを取り出した潤一郎がどこに座ろうか考えたときだった。奥から顔を出した仲居が、手招きして潤一郎を店の奥側の個室に導いた。

「直美ママからご連絡いただいております。どうぞこちらでお待ちください。ビールか何か、お持ちいたしましょうか？」

「ビールを」

潤一郎がメニュー表に視線を落としたとき、直美が音もなく現れた。

「ごめんなさいね、こんなところにお呼びたてして」

直美はコートを座椅子の背にかけると、潤一郎の真正面に座った。同時に、若い仲居が中ジョッキ、お通しが入った小鉢を運んできた。

「失礼します」

直美は目線の高さまでジョッキを掲げ、一気に半分ほどを流し込んだ。

「びっくりした。あなたが訪ねてくるなんて、全く考えもしなかったもの」

「どういうことですか？」

微笑んだあと、直美は残っていたビールを飲み干した。

「沼島のこと、聞きたいんでしょ？　分かってる。でも、私も怖いのよ。せめてもうちょっとお酒を入れないと」

仲居が個室の脇を通り過ぎたとき、直美は冷酒をオーダーした。

怖い、とはどういうことなのか。唇を濡らし、微笑みを絶やさない直美だが、潤一郎に向けた視線は先ほどのナバホのときと同様に笑っていなかった。

仲居が届けた冷酒を手酌で飲み始めた直美は、ぽつりぽつりと話し始めた。

「本条さんがにらんだ通り、私は沼島の女。週刊誌的な表現だと、〝情婦〟ってところかな」

冷酒で唇を湿めらせた美女の口から、唐突に「じょうふ」という言葉が漏れた。女の口から発せられたなまめかしい言葉に、潤一郎はとまどった。

直美は江戸切り子の猪口を無言で潤一郎に差し出した。間合いが取れない。潤一郎は、黙って猪口を受け取った。

14

午前一時半を回り、都内最終版の締め切りを過ぎた大和新聞本社には弛緩ムードが漂っていた。

編集局の大部屋には、夜回り取材を終えた政治部記者が続々と集まっていた。政治部記者の大半は缶ビールを片手に、政府関係者や、政治家秘書の噂な肴に飲み始めていた。美奈子は、都内最終版に目を通した。

美奈子は社会面に目をとめた。株価に絡んだ事件記事があった。見せ玉《みぎょく》と呼ばれる違法な手段で、株価操縦に手を染めていた個人投資家が証券取引等監視委員会に告発された、との三〇行程度の本記が掲載されていた。複数のネット証券会社の口座を使い、約定させる気がないにもかかわらず、商いが活発だとみせかけるため意図的に高い値段での買い注文を板に並べる行為だ。

美奈子が最終版を畳んだとき、目の前を小柄な男性記者が通り過ぎた。

「大曽根君じゃない。どうしたの？　夜回りの帰り？」

小柄な記者は美奈子に気づき、視線を向けた。

「おまえは何してんの？」

「ちょっと調べもの。ねえ、ちょうど今、大曽根君の書いた記事読んだところなんだけど、個人でもあんなことやる人間がいるんだね」

「あれ、氷山の一角らしいぜ」

「ところで、今は何の夜回りの帰り？」

大曽根は、美奈子と同期入社の社会部記者だ。地検特捜部や警視庁二課など、主に知能犯系の取材経験が豊富な記者だった。今は遊軍担当で、金融に絡んだウラ社会の実態を暴く事がライフワークとなっている。社会部遊軍特有の猟犬のような目つきは、年々鋭くなっている。

「仕手戦絡みのネタだよ」

「どんな話？」

大曽根は周囲を二、三回見回し、小声で切り出した。

「東証二部上場の工具メーカーの子会社が、金融ブローカーの食いモノにされた件は知ってるか？」

「中森工機の一件だっけ？」

「そうだ。子会社が突然、親会社とは全く関係のない携帯電話サービスに進出したのが二年前。携帯事業では、特定のシステムを使うと料金がかなり割安な定額料金になる、との謳い文句が添えられていたんだが、サービスは一向に開始されず、親会社の株価は乱高下。この間、子会社設立に関与した特定の金融ブローカーが親会社株の値動きに乗じて不当な収益を享受していたんだ」

「それ本当？」

美奈子は金融ブローカーという言葉に鋭く反応した。

「なんでも新手のブローカーがいるらしい。俺のネタ元を突っついているけど、正体が割れない」

大曽根は肩を落とした。

美奈子の頭の中に、沼島の顔が浮かんだ。

「ところで、デカ女は何を調べてるんだ？」

「ちょっと、証券化に関する資料を集めていたの」

「俺はキャップにメモを出さなきゃならんから、じゃあな」

大曽根を見送った美奈子は、大部屋の隅に設けられた社内のデータベース端末前に行き、検索を始めた。五、六本のアイドル・ファンドの記事がヒットした。

美奈子がＵＳＢメモリに記事をロードしたとき、キーボード脇に置いていた携帯電話が震え出した。素永だった。

〈浪越の件、証券担保金融の連中から聞いたんだが、事前にシャブの噂が出ていたらしいぞ〉

「本当ですか？」

〈どうやら、あまりお行儀のよくないディーラー連中に常習犯だったというルーマーが仕込まれていた。警視庁に対しても、それとなくネタを流していた奴がいるそうだ〉

「沼島でしょうか？」

「そこまでは分からん。しかし、臭うよな」

用意周到な逮捕劇。潤一郎が言うように、沼島が一度食らいついたUEWからすんなりと手を引いてくれるとは思えなかった。

15

差し出された猪口を見つめながら、潤一郎は努めてゆっくり冷酒を飲み込んだ。直美は、老舗百貨店の販売員から銀座の高級クラブに転じたこと、そこで沼島に出会い、独立したと告げた。ナバホを作る際、沼島が開業資金の半分を出した——自分の略歴、沼島との関わりを淡々と話した。

「なぜ、怖いんですか？」

「あなたもあの人に会ったことがあるでしょ？　時々、ゾクッとするほど冷たい目をするときがあるの。うまくは言えないけど、絶対にこの人に逆らっちゃいけないって思うの」

「だから、ウチの会社の会議室にまで現れたってことですか？」

「ごめんなさい。あの人の指示だから、もう分かっているでしょうけど、浪越の高橋社長が持っていた覚せい剤もそうよ」

冷酒が、一気に喉の奥に落ちた。

直美が潤一郎の目を見据えていた。

「正体がばれた以上、本当のことを話すわね。高橋社長は沼島と店に二、三回来られたことがあって私を気に入ってくれた。スポンサーになるとも言ってくれたわ。そこで彼は私を利用したの」

「どうやったんですか？」

「二週間前から、私は高橋社長にモーションをかけ始めた。社長はほぼ毎日、店に顔を出すようになったわ。社長の水割りに微量の覚せい剤を混ぜ続けたの。尿検査されたら、間違いなく陽性反応が出るわ。どう？　私を警察に突き出す？」

直美は潤一郎から視線を離さず、一気に話した。

「警察に突き出せば、UEWも無傷じゃすまないわよね」

直美は、猪口を小振りのビアタンブラーに替え、ぐいぐいと冷酒を飲み続けている。充血していた直美の瞳が純く光った気がした。眼前の女が言う通り、警察に真相を話せば、UEWは破滅の道を歩み始めることになる。二、三秒考えたのち、潤一郎は口を開いた。

「沼島さんは在日韓国人の方だって聞いてますが」

「そうよ。でも、彼は表面上はあまり気にしていないみたい。どこで育ったかは聞いてもないけど、本人も含めてご家族は相当なご苦労をしてきたみたいね」

「なぜ分かるんですか？」

「同じ臭いがするからよ。私は親の虐待を受けて、小学校二年のときから児童養護施設に預けられた。あまり人に言いたくない話よ。でもあの人、一回だけ言ってたな。『俺は日本で生まれたから日本人だと思っていたら、周りが韓国人としかみてくれない。親の里帰りでソウルに行ったときは、日本人に取り入っている民族の裏切り者』って、親戚の人にさんざん言われたそうよ。彼は、日本人を憎んでいる。同じように、彼は韓国人も大嫌いよ。日本人でもなければ韓国人でもない、俺はインチキな存在だって」

「同じ臭いだなんて、あなたは沼島氏とは違います」

空になったタンブラーを直美が強くテーブルに叩き付けた。

「あなたには私たちみたいな属性の人間の気持ち、分からないでしょ？」

「俺だって、親の命令に背いて家業を継がず、子供のころからの夢だったプロレス業界に入りました。結構、一族の中では風当たり強いんですよ」

「だから？」

直美は強く頭を振ったあと、潤一郎に冷めた視線を向けた。

「あなたみたいな人と私たちは、本来交わることがない人間なの。家業を継がずですって？　あなた、明日のご飯、どうやって食べようかって一度でも考えたことある？　明日どこに住んでいるのかって、不安になったことある？　絶対にないはずよ。でも、私も沼島も子供のころから常にそういうことを考えて生きてきた。信じられるのは、自分の才覚だけ。周りの人間に気を許すこともできない。現に、あの人は私にさえ心を開いているとは思えない」

「だから、沼島さんの命令には何でも従った？」

「初めて同じ臭いのする人に出会ったんだもの。初めて心を許せると思った人のためなら何だってやるわよ」

直美の目が、鈍い光を放って潤一郎を貫いた。詐欺、いや、れっきとした犯罪に他人を駆り立ててしまう沼島とは、どんな人間なのか。効き始めた冷酒のせいではなく、沼島の視線を浴びているようで、潤一郎は背筋に冷気を感じた。

「ごめんなさいね、本条さん。あなたにこんなことを話したって分かったら、あの人にもうぐれって叱られちゃう。叱られるだけじゃすまないかもね」

直美の言葉を聞いたとたん、潤一郎は硬直した。

「今、なんておっしゃいました？」

「だから、あの人に叱られるって」

「何て言って叱られるんですか？」

「もうぐれよ」

西大后事件の際、ＢＭＷのバックシートで沼島が感情的につぶやいた言葉。〝もうぐれ〟というキーワードが、再び潤一郎の思考回路を駆け回った。

「あ、あの、それってどういう意味でしたっけ？」

「どこかは知らないけど、あの人の生まれ故郷の言葉で、愚か者とか、情けないって意味らしいわ。人をなじるときに使う言葉みたい」

16

午前三時の本社編集局大部屋では、社会部の当番デスクの高鼾と、外報部の若手記者が海外通信社のチッカーをめくる音が奇妙なアンサンブルを奏でていた。データベースから証券化に関する記事を大量に集めた美奈子は、端末の電源を落とし、帰宅の準備を始めていた。コーチのブリーフケースを抱え、データベースの置かれたパーティションを抜け出ようとしたとき、携帯電話が再び震えた。

「潤ちゃん、まだ帰ってなかったの？」

美奈子が言い終わらないうちに、電話口の向こうで潤一郎が興奮した口調で話し始めた。

〈〝もうぐれ〟だよ！〉

「は？」

〈だからさ、もうぐれって、どこの言葉？〉

「新潟よ。特にうちの地元、燕のある下越や中越あたりで使う〝バカ〟とか〝愚か者〟っていう言葉じゃない。潤ちゃんは中学校から東京暮らしだから忘れているかもしれないけど」

〈そのもうぐれ、って言葉、沼島の口癖なんだよ！〉

「本当なの？」

〈沼島のコンサルタント会社、名前はスワロー・アソシエーツっていうんだ。スワローは燕のことだから、もしかしたら彼は俺たちと同じ燕市出身かも〉

携帯電話を持つ美奈子の大きな手が、着信を告げるバイブレーションよりも大きく震え始めた。

美奈子は、急いで階段を駆け上り、大和経済研究所の自席に戻り、PCの電源を立ち上げた。グーグルのページに飛び、検索欄に地元メディアの名を入れてエンターキーを叩いた。

人名録あるいは、過去のニュースで沼島というキーワードがヒットするかもしれない。

記事と広告の中をせわしなく動くカーソルは、懐かしい商店や地元企業の名をなぞった。

《金属洋食器のパイオニア・菊田金属工業》

美奈子は、実家の広告をみつけ、顔をしかめた。

《皆様の相場石油》、《金属加工のプロフェッショナル、明神製作所》、《全メーカー対応、パシフィックモーター販売》
マウスを握っていた美奈子の手が止まった。

《韓流ブーム到来！　韓国食材卸売・キムチ製造販売の沼島食品》、『家族団欒《だんらん》を焼肉で！　沼島園》——。すっかり忘れていた地元の商店やレストランの看板がいくつも頭に浮かんだ。

美奈子はシステム手帳を取り出し、大急ぎでアドレス欄をめくった。

美奈子は、実家の菊田金属工業常務、太田信之の自宅番号を探し出した。かつて、美奈子と潤一郎を帝国プロレスの興行に連れて行ってくれた番頭格だ。口うるさい両親とは違い、小学校に上がる前から、何かと美奈子をかわいがってくれた太田は、菊田金属の実務全般、そして地元商工会議所の役職をこなす町の顔役でもある。

美奈子は左腕のブルガリに視線を落とした。午前三時半だった。

意を決した美奈子は受話器を取り上げると、懐かしい局番からプッシュした。五回、六回、呼び出し音が鳴る。八回目のコールを聞き、美奈子が受話器を置こうとしたときだった。

「……もしもし？」

「あ、美奈子です。朝早くからすみません」

「お、お嬢かね？　どうしたね？」

電話口に懐かしいダミ声が響いた。

第3章　原点

1

「はい、中華お待ち！」

冷え込んできた外気とは対照的に、Ｔシャツ姿のアルバイト店員が大量の湯気を立ち上らせた「中華そば」を美奈子の眼前に差し出した。オーダーから四分。白いラーメン丼と同様、スープの表面も真っ白だ。

「これ食べないと、帰ってきた気がしないんだよね！」

美奈子はレンゲをつかみ、スープ表面に浮かんだ大量の背脂、無造作に散らされた生タマネギのみじん切りをすくい取り、魚介ダシが効いたスープとともに流し込んだ。

箸をとり、うどん状の手打ち麺も勢いよくすすった。

太田も手元の「中華」と格闘している。

「東京でいろんなうまいもの食べてるでしょうが」

「これが私のソウルフードなの。物心ついたときからこれを食べてるから、東京で評判のラーメン屋とか行っても物足りないの」

「ソウルフードってなに？」

「原点ってことよ」

◆

新潟県燕市は古くから鋳物産業が発達し、中でも煙管《キセル》の細工や薬缶などの日常生活用品の生産が盛んだった。金属洋食器の国内生産シェア九割、バーベキューセットやゴルフクラブ製造にも手を広げ、世界中にその名が知られた田舎町で美奈子は生まれた。

市街地から離れた工業団地脇、師走に入ったばかりの燕は、久々に活気を取り戻し、地元の中華料理店の杭州園には機械油の染み込んだ作業服姿の工員たちがひしめき合っていた。

三〇人分のテーブル席は既に満杯で、増設された五〇人分の座敷も九割がほぼ埋まっている。二人は座敷席の隅に陣取り、中華そばをすすった。

「お嬢、なんでここの中華がこんなに脂浮いていて、極太麺《ごくぶと》なのか知ってるかい？」

美奈子は頭を振った。

「高度成長期のころ、燕は二四時間フル操業だったんだわ。工員が忙し過ぎてメシに出られなくて、みんなこの杭州園に出前を頼んでね。だから、ここの店主は工夫したんだわ。スープが冷めないように脂を浮かせてフタにして、麺が伸びなくて、工員の腹もちがいいように、あらかじめ極太の手打ちを作ったんだってさ」

「ウチの工場《こうば》にも、配達してもらってたの？」

「そうだよ。五〇人前頼んだこともある」

「太田さん、こちら、菊田金属のお嬢さんだね？　これ、サービス」

にこやかに笑った女将《おかみ》が、ビールとともに餃子《ギョーザ》を運んできた。

「ごぶさたしてます」

町工場がひしめく燕市で、美奈子の実家は、戦前から最大規模の工場を経営している。人口八万人足らずの燕市で、ピーク時には、菊田金属工業は従業員五〇〇人を抱える大企業だった。下請け企業まで含めれば、その規模は八〇〇〇人前後に達した。

戦後は洋食器製造を手がけ、朝鮮戦争を足がかりとした軍需景気に沸き、欧米にナイフやフォーク、スプーンやアルミ皿を輸出した。高度成長期には輸出が毎年倍増し、業容が拡大し続けた。

美奈子は創業家の一人娘で、婿を迎えて家業を継いでいなければならない立場にあった。当初、美奈子は父・清蔵の敷いたレールに乗り、東京の女子大を卒業する前に地元の地方銀行に就職が内定していた。見合いを強く勧める父親と激しく対立したあと、かねてからのあこがれだった新聞記者になった。それ以降、父親との関係は悪化したままだ。

「これからどうする？　実家に顔を出すかい？」

餃子を一口食べた太田が聞いた。

「一番後でいいよ。今回帰ってきたのは、沼島の足跡をたどるためだもの」

「そうだね」

今までにこやかだった太田のえびす顔が、一瞬曇った。

「太田さん、気乗りしないんだったら、私一人で回ってみるから」

「とりあえず、跡地に行ってみようか」

太田は丼を両手で抱えると、残っていたスープを一気に飲み干した。座敷席の天井から吊るされたテレビからは、民放のニュースが流れていた。政治、経済の項目が終わり、社会部関係の案件を伝え始めた。

《警視庁は、近く、中華料理レストランチェーン・西大后の株価操縦事件に絡んで、株価の乱高下を意図的に演出し、この間信用取引を使って巨額の利益を計上していた関西在住の仕

手筋と、偽のTOBを宣言した川崎市在住の自称会社役員、担当の弁護士をそれぞれ詐欺の疑いで逮捕する方針を固めたもようです。関係筋によりますと、三人は記者クラブを騙して偽の合併・買収（M&A）を仕掛けるという巧妙な手口を……》

「肝心の沼島までは、捜査の手が伸びなかったっていうわけね」

残っていたスープをさらおうとしていた美奈子は手を止めた。沼島の名を聞いた太田は、空になった丼の底を見つめ続けていた。太田によれば、沼島の実家は菊田家と取引があったという。太田は何を教えてくれるのか。美奈子が初老の男を見つめた。

2

レガシー・ツーリングワゴンに乗り込んだ二人は、杭州園を後にし、工業団地を抜けて水道町にたどり着いた。市民文化会館脇の駐車場には、かつて市全域に水道水を供給していた古いタワー、水道塔が今も市の文化財としてそびえ立っている。

湿気を帯びた空気が街全体を包んでいる。霞んで見える弥彦山の向こう側から、今にも雪雲がやってきそうだ。ビルの七、八階分ほどしかない水道塔の先端に、雪雲が覆いかぶさる日も近い。太田はオートエアコンを手動に切り替え、曇り止めのファンを全開にした。

美奈子は助手席でPCを立ち上げ、大和新聞のウェブニュースの画面に見入った。「政治」「経済」「国際」と各出稿部のサイトの中から、「社会」のニュースをクリックした。民放のテレビニュースと同様に、大和の社会部担当記者も西大后株価操縦事件の当事者たちの逮捕が近い、と短い記事をサイトにアップさせていた。

画面下の表示を見ると、メール着信のランプが点灯していた。素永だった。

〈菊田へ　西大后事件、ひとまず仕手筋と手先の二人が捕まって幕引き。捜二は仕手筋の連中を相当締め上げたようだが、奴らは最後まで沼島の関与を自供しなかった。沼島は依然、暗躍し続ける。注意されたし。ＰＳ：菊田の復帰交渉、編集局長と掛け合ったものの、色よい返事なし。力不足を痛感。今しばらく辛抱されたし〉

「はあ、やっぱりダメか」

落胆する美奈子に一瞬だけ視線を送った太田がつぶやいた。

「お嬢、もうちょっと。ほら、あの山田自動車の先、建て売り住宅の横だ」

太田が顎で指した先、薄らと曇ったフロントガラス越しに、更地が見え始めた。

更地にレガシーのノーズを突っ込んだ太田は、車を降りるよう促した。

「ここは何があったの？」

「沼島の実家、昔の沼島興業の跡地だよ」

3

「お手元にお配りした資料が、概要であります。ご質問はありますか？」

六本木ヒルズ、五〇階会議室。潤一郎は楕円形の一五人掛けのテーブルを見渡した。

旧友・浜田のサポートを受けながら、銭谷部長などUEWの実務スタッフとともに約二週間、「プロレス・ファンド」の企画書を作り上げた。師走に入り、浜田の古巣であるモンタギュー証券の投資戦略部、金融商品企画部、営業企画部の面々を前に、約一時間のプレゼンテーションを開いた。

「東京ドーム興行の数が少ないのはなぜですか？」

「タイタン佐伯選手は、あと何年現役レスラーとしてのポストが保証できますか？」

浜田とリハーサルを繰り返していたため、潤一郎は金融の第一線、プロ中のプロたちの質問に淀みなく答えた。

沼島と手を切る代替案として、プロレス・ファンドの企画案をタイタン佐伯に告げたときは、アレルギーが強かった。選手の寿命や、水物の観客動員数を割り引いてはじき出すディスカウント・キャッシュフローの概念を佐伯は理屈上では理解したが、生身の興行を数値化することには、最後まで抵抗した。

一方で、放映権料の激減という足元の資金繰り改善の見通しは立たず、最後にタイタン佐伯は折れた。潤一郎は、浜田の勤務先から短期の借り入れを受け、急場をしのいだ。

「ウチでやらせていただきましょう」

潤一郎の真向かいに座っていた営業企画部長が即決した。潤一郎とUEWの事務スタッフの面々は深々と頭を下げた。

◆

「潤ちゃん、うまくいったな」

六本木ヒルズの超高速エレベーターの中で、銭谷部長が満面の笑みで潤一郎に声をかけた。

「社長と沼島氏はちゃんと切れましたか」

「紹介された地検特捜部あがりの弁護士が出てきたら、彼はあっさりと手を引いたよ」

「これから本社で何をするんでしたっけ？」

「新興のネットコンテンツ業者が前から売り込みに来ていてね。音楽のコンテンツ配信事業を手がけたこともあって、なんでも今後はプロスポーツの配信に力を入れるっていうから彼らを使うかどうか、夕方にプレゼンやらせる」

「へえ、そんな業者がいるんだ。面白そうだから必ずプレゼンには出ますよ。あ、それから、ディッキーとは連絡がつきましたか？」

「ああ、今週中には東京に来てくれるそうだ」

「彼はオールドファンを呼び込む起爆剤になりますからね」

潤一郎は、かつて自分をプロレスの世界に導いてくれたディッキー・マッケンジーをファンドのキャラクターの重要な役割につかせる腹づもりだった。

一〇年前に引退したディッキーは、地元テキサスに戻り、プロレスとロデオを同時進行させるスタイルのイベントを手がけ、米国南部全域に広げていた。日本人がこよなく愛したそのキャラクターで、オールドファンをＵＥＷのファンドに呼び込むのが狙いだ。

ビジネスタワーのロビー階に着いた二人は、観光客や商工会の見学者の波をかき分け、徒歩でＵＥＷ本社に向かった。

4

「いつ会社がなくなったの？」

「一九八七年だ」

ボアが付いた作業ジャンパーのポケットから、太田はくしゃくしゃになったマイルドセブンを取り出し、百円ライターで火を灯した。

ようやく買い手がついたという更地は、ブルドーザーで整地の初期段階が終わったばかりで、足元はキャタピラーの跡が残ったままだ。ゴムの長靴を履いた太田は、更地の奥に歩を進めた。ロングブーツを履いた美奈子は、ゆるい土に顔をしかめたが、意を決して太田の後を追った。

「ついこの前まで、ここは雑草がいっぱい生えててさ、えらい荒れ地だった」

太田は、マイルドセブンをくゆらせながら、キャタピラーの跡を踏みつぶした。

「ほら、ここだ」

足元を気にしていた美奈子は、視線を上げた。

更地の一番奥に、古い建物があった。平屋の屋根が歪み、左側の庇が外れ、北風に煽られてヒーヒーと風切りの音をたてている。埃と機械油の染みが付着したトタンの外壁のところどころにも、凹みが見える。一見すると、畳二〇畳ほどの建物だ。

「太田さん、この小屋は？」

「沼島の実家だ。お嬢……これが、沼島の原点だよ」

「こんな狭いところに住んでいたの？」

「そうだ。八畳一間で、台所は工場の水飲み場の横。貧乏を絵に描いたような生活だったけど、沼島の一家は温かくて、いい人たちだった」

太田はマイルドセブンを地面に投げ捨て、力いっぱい踏みつぶした。両手に息を吹きかけたあと、太田は作業ジャンパーの胸ポケットから一枚の写真を取り出した。

「これが沼島の家族だ」

ひったくるように写真を受け取った美宗子は、あちこちに皺が入ったプリントを見つめた。表面の光沢が完全になくなったカラー写真には、手書きの表札の前でにこやかに笑う四人の人物が写っていた。

「一番左側が俺。その横が沼島の母親。真ん中が本人、右端が父親だ」

「なんで太田さんと沼島一家がこんな形で写真に収まっているの？」

「沼島興業はスクラップ業者だった。ウチの、つまり菊田金属や他の会社から出た屑《くず》鉄やら、ステンレス、アルミの屑を集めて、製鉄所に持っていくのが仕事でね。沼島の父親が熱心に菊田金属の屑をくれってきてね」

「それで、太田さんが出入りを許可したってこと」

「社長は、在日と取引なんかしたくないってあんまりいい顔しなかったけどね。沼島の父親は在日の二世だ。一代目は半島から引っ張ってこられて、その後韓国に戻らねえで、そのまま燕で商売始めたんだわ。そりゃ、苦労した人間だ」

太田は屋根に視線を固定させたまま、言葉を継いだ。

「俺も子供のころ、沼島のオヤジさんを見ていた。手製のリヤカーに、屑鉄いっぱい積んでさ。直樹のオヤジさんの代から、やっとオンボロのトラックが入ってね。このオヤジさんとは、たまたま草野球で知り合ってね。俺とはそこからつき合いが始まったんだ」

実家の工場にほとんど足を踏み入れたことがない美奈子にとっては、太田の話を聞いても実感が湧かなかった。

「俺んとこは子供がいなかったから、直樹、本名は趙基福って言うんだけど、奴をかわいがってやったんだわ。草野球についてきてね。メキメキ野球が上達すんだわ。沼島一家みたいな人たちを、そりゃ、昔はいじめてたんだよ。奥さんは子宮がん患って若死にした。それ以降、直樹は、家事と家業を両方やってたんだわ。四、五人いた従業員の賄いメシを作って、直樹自身もリヤカーを引っ張ったりしてさ」

美奈子はもう一度、写真に視線を落とした。作業服姿の太田がにこやかに笑っていた。実直で頑固な太田が、心の底から笑っていた。沼島一家もくったくのない笑みを浮かべていた。直樹という少年の表情からも、怪しげな金融ブローカーに成長するような影はみてとれない。

「沼島氏だけど、今は左の目の上に痣があるのに、この写真のときにはないわね」

「痣か」

杭州園でみせた翳りが、太田の顔に色濃く浮かんだ。

「おいおい教える。次の場所に行こうかね」

えびす顔で常に美奈子に笑顔を振りまいてきた太田だが、再びマイルドセブンに火を灯すと、下を向いたまま口を開かなくなった。

5

沼島興業跡地を出たレガシーは、水道町の坂道を上り、T字路を左折して土手に上った。中ノ口川を右手に見ながら、レガシーは文化会館方向に向かった。

「今年の桜は見事だった。お嬢、ここ何年もこの土手の桜を見てねえな。来年の花見のころには、また帰ってきて」

河畔には、五〇年前、当時の市議会議長が植樹したソメイヨシノが毎年咲き乱れる。研磨剤の埃で一年中どす黒く煤けた町に、一週間だけ華やいだときが訪れる。

もう何年、この河畔を歩いていないのか。葉をすっかり落とした桜並木を見ているうち、美奈子は突然ある風景を思い出した。

「車止めて！」

勢いよく助手席から飛び出した美奈子は、対向車線脇の越後交通のバス停に駆け寄った。

「ここだわ。あそこと一緒だもの」

美奈子の眼下には、流れの緩い中ノ口川、対岸までわずか二五〇メートル程度だ。途中には、冬場でも鬱蒼と下草が生い茂る中州が見える。中州と眼下の土手の間の水は、流れが一層緩慢になり、深緑色に淀んでいた。東京の西東京市と練馬区の間、武蔵関公園の富士見池。あの池の周りも、この中州のように下草が生い茂り、木が深緑色に淀んでいた。

「やっぱり、沼島の故郷はここだったんだ」

東伏見の新聞配達所で孤独な生活を送っていた沼島は頼る人間もおらず、気を許せる友人もいなかった。唯一心を休めた場所は、中ノ口河畔と同じく淀んだ水辺だった。

「直樹はよくこのあたりで煙草をふかしてたなあ。高校を中退したころだ。リヤカー引っ張ってる途中で、よくこのバス停から川を見てたわ」

大量の新聞紙を積んだ自転車で急な坂道を下っていた沼島は、故郷でも重いリヤカーを引いて坂道を上っていた。そして坂道の近くには淀んだ水辺という共通項があった。

「高校中退って？　沼島さんはどこの高校に行ってたの？」

「お嬢と同じ、三高《サンコウ》だ」

新潟県中越地区の上半分、そして下越地域の一部を学区とする県立三条高校は明治三五年に旧制三条中学として設立された地元の進学校だ。

「どうして中退したの？」

「車に乗って。あとで教えっから」

太田はさっさと車線を横切ると、レガシーに乗り込んだ。

「太田さん、次はどこなの？」

「すぐに分かる」

太田の口が一層重くなると、レガシーの車中には曇り止めのファンの音だけが響いた。

レガシーは、河畔を走り続けた。対向車は少ない。美奈子はゆったりと流れる中ノ口川に視線を送り続けていた。中央橋のたもとを通り過ぎ、JR弥彦線の踏切にさしかかった。

6

銭谷部長の後から、潤一郎は、六本木通りのUEW本社に足を向けた。

潤一郎が前方を見ると、UEW本社前から一五メートルほど先に、黒いジャガーのXJR

がハザードランプを点滅させながら停まっていた。

潤一郎は本社前を通り過ぎ、ＸＪＲを食い入るように眺めた。使い古したゴルフの買い換えは、西大后株の乱高下に伴う損失拡大で遠のいた。眼前の高級サルーンは、リア部分だけでなく、フロントガラスまでもがスモークシールドに覆われている。誰が乗っているかはうかがい知れないが、わずかに開いた助手席の窓からは、薄く煙草の煙が漏れていた。煙とともに、カーステレオからロックのメロディーも流れ出していた。

カーステレオからは、ベースラインとベースドラムの低音、そして機関銃の連射音を思わせるスネアのうねりが歩道までこぼれ出していた。Ｕ２の曲だった。

「サンデー・ブラディ……なんとかっていう曲だよな」

六本木のＵＥＷ本社周辺には、芸能人やタレントが多い。大物俳優が買い物にでも出かけるのだろうか。車好きのイギリス貴族のために興されたジャガー。イギリスとアイルランド。二つの国の間でゆれ動く感情をうたい続けたＵ２。奇妙な組み合わせだと潤一郎は直感的に思った。

7

弥彦線の踏切を越えたレガシーは、中ノ口川沿いを六〇〇メートルほど走ったあと、雑草が生い茂る広大な空き地にノーズを向けた。

「昔大きな工場があったところだよね……たしか、太田さんの下請け回りについてきたときに、ここに来たような記憶があるんだけど」

「ああ、そうだ。三宝金属、製鉄所の跡地だわ」

「何でここに連れてきたの？」

「痣はここでできたんだ」

「この空き地が沼島さんと関係があるってこと？」

頷いた太田は、坂を下り切った地点でレガシーを停めた。

美奈子は車を降りた。

「沼島興業が屑鉄を持ち込んでいたのが、ここ、三宝金属だったってこと？」

太田が頷いた。

「ついてきて」

太田は枯れたススキを踏みしめ、空き地の中を進んだ。東京ドームのフィールド部分が軽く四個は入るだろうか。五〇〇メートルほど先には、ステンレス地金を扱う地元企業の三角屋根が五棟、製鉄所の跡地を取り囲むように佇んでいる。

美奈子は懸命に太田の後を追った。古い製鉄所の跡地と沼島の痣がどう関係するのか。美奈子には、太田がこの場所になぜ自分を連れてきたのか、その意図が全く読めなかった。

ステンレス地金製造工場の三角屋根があと七〇メートルほどに迫り、地金を裁断する金属音が聞こえたところで、突然太田が立ち止まり、マイルドセブンに火を灯した。

「ちょうどこのあたりに、窯《かま》があったんだ」

「三宝金属は電炉を使ってたよね」

「建材用の鉄骨やら、パイプを作っていた」

「電炉がどうして沼島さんと関係あるの？」

「火傷《やけど》だ」

「どうして電炉と彼の火傷の痣が関係あるの」

太田は煙を吐き出し、空き地に入ってから初めて美奈子に視線を合わせた。

「今の三宝は工業団地に移転して、設備も最新のものに入れ替えたけどさ……ここにあったころは、そりゃ、原始的な設備だった。ちょうど、今お嬢が立っているあたりに直径一〇メートルの窯があってね。頑丈な鎖で工場の屋根から吊るされてた」

ススキが立ち枯れ、蔓《つる》が地を這う空き地の真ん中に立ち、美奈子は懸命に電炉が吊るされた工場の情景を思い浮かべた。

「屑鉄が持ち込まれると、窯の上に作られた台場から屑鉄を投げ入れてさ、窯を傾けて溶けた鉄を型に流し込んでたんだ。大きな滑車使って、鎖の長さを調節してね。今はみんな機械化された工程だけどね、昔は原則、人間がやっていた」

美奈子は両手を広げて円を作ると、それを太田の方に傾けた。

「窯を吊っていた鎖は二、三年も使い続けると、金属疲労をおこしてさ」

美奈子を見据えていた太田の目が、突然赤みを帯び始めた。

「金属疲労ってことは……その、鎖が切れるってこと？」

「切れたんだ。それで、窯がひっくり返った」

「作業員は大変なことになるじゃない！」

「そうだ。昔、四、五年に一回か二回の割で、窯がひっくり返ってね。鉄が溶けると、一六〇〇度とかになってるからね。それが作業員にかかる事故がよくあったんだ」

「もしかして、沼島さんの痣。火傷って、その溶けた鉄のことなの？」

赤みが増していた太田の右目から、一筋、涙がこぼれ落ちた。

「銑鉄が出てくるラインの真上で鎖が切れた。それで窯が真っ逆さまになって、沼島のオヤジの上に一六〇〇度の鉄が、溶けた鉄が降りかかった」

「一六〇〇度の鉄っていったら」

「人づてに聞いたけど、『あっ』って声を発した直後、三、四秒のうちに、全身が銑鉄の中に溶けたそうだ」

「太田さん、やめて！」

美奈子は、自分の足元を凝視した。ブーツの底には、枯れたススキと、黄色く変色した蔦《つた》があるのみで、かつて生身の人間が銑鉄を浴びた痕跡は残っていない。しかし、呻き声がブーツの底から足をつたい、体に巻きついてくるような気がした。

頭を振ることで、太田の言葉を遮ろうと懸命に努めた。しかし、目を真っ赤に充血させた太田は、美奈子を無視して言葉を継いだ。

「手伝いに来ていた直樹は、自分の目の前で親が溶けるところを見てしまった。お袋さんがんで死んだあと、たった一人の肉親だったオヤジがさ、目の前でさ、数秒で溶けたんだ」

美奈子は、膝を折ってその場に座り込んだ。

「溶け出したオヤジが、一瞬だけ手を挙げて……こう、こっち側にいた直樹に向かって振り上げたそうだ。ちょうど右手が溶け始めて、指の先から、こう青白い炎が出てたそうだ……。こっちに来んな、いや、最後に一目倅の顔を見たくて、こっちに来いって言いたかったのかもしれない。そんときに……そんときに溶けた鉄の雫がオヤジの指の先っぽの方から飛んできて、直樹の額にかかった」

美奈子はうずくまったまま、強く頭を振った。口の中がカラカラに乾いている。突然切り出された話に驚愕するのみで、泣くことさえ許されなかった。美奈子は膝を抱え、体中を駆け回っている震えをなんとか押さえつけた。

恐るおそる顔を上げた。美奈子の視線の先には、肩をいからせたまま空を仰いでいる太田がいた。

なぜ太田が空を仰いだままなのか。こぼれ落ちる涙をなんとか食い止めるためか。親友だった沼島の父親の無念さ、あるいは残された直樹の不運を嘆いているのか。いずれにせよ、美奈子にはその心中を想像することさえできなかった。

◆

「お嬢、これを見て」

市役所脇の古びた喫茶店のテーブルの上に、太田は書類を置いた。

「何なの？」

美奈子は几帳面にクリッピングされた書類を取り上げると、数字が並んだ表を凝視した。

「俺名義の銀行口座のコピーだ」

「そんなの別に私に見せなくてもいいんじゃない？」

美奈子は書類から目を上げ、研磨剤の染み付いた太田の太い指を見た。

「だから、それは俺が作った口座じゃないんだ」

「誰が作ったの？」

「直樹だ」

美奈子は再び書類に視線を落とした。右端に残高が細かく記されていた。残高欄の一番下、合計欄の数値を見て、美奈子は目を見張った。

「千、万……八〇〇〇万円ってこと？」

コーヒーを飲み干した太田は、頷き返した。

「このお金、どうしたの？」

「直樹が電話してきたことがあってな。昔世話になった御礼だから、収めてくれって言って、この通帳と印鑑を宅配便で送りつけてきた」

「このお金、使った？」

「手なんか付けてねえさ。直樹から電話もらったとき、どうしたんだって聞いたんだが、最後まで教えてくれなかった。お嬢が金融ブローカーの記事を書いていたから、ピンと来たんだ。これ、人様の霞をさらって儲けた金じゃねえかってね」

太田は再び書類に視線を落とした。

「口座を作った時期は今年一月だ。金がどんどん入ってきたのはちょうど二月くらいからかな」

「二月？」

美奈子は書類を手に取り、左端の日付欄に視線を走らせた。二月から三月にかけて、一〇〇〇万～二〇〇〇万円単位の入金が相次いでいる。

「太田さんは沼島さんにどんなお世話をしてあげたの？」

「葬式の手伝いやら、会社の存続に関する相談に乗ってやってた。オヤジさんが死んでからは、沼島興業はあっという間に資金繰りがつかんようになって……不渡りを出して終わりだ。そのあと、直樹はさっさと三高辞めたんだ。中学では学年トップ、高校に入ったときも常に上位四番以内だったらしかったけどな」

太田はコップの水を飲み、言葉を継いだ。

「直樹は野球部で一年生なのにレギュラー張ってた。退学するときは、ものすごく悔しかったと思うよ。俺、生活費と学費くらいだったら、出してやるって言ったんだ。でも、奴はきっぱり断ったよ」

「三高で学年四番って言ったら、東大、京大、一橋クラスに行く席次よね。野球も一年からレギュラーだったら、早稲田とか筑波に勉強と運動の両方からスカウトが来てもおかしくない」


　美奈子は東伏見の早稲田大学野球部脇の急な坂道を思い出した。道路脇の練習場からは、ピッチングマシンが発した投球音が響いていた。優秀な成績、かつ野球選手としても有望視されていた沼島だが、自らは、そのグラウンドに入ることなく、音だけが聞こえる急な坂道を重い新聞を載せて駆け抜けていた。

　自分が同じ立場だったらどうだろう。三高時代、学年の中位程度の成績をキープして、推薦枠で東京の名門女子大に進学した。親と対立するという曲折があったにせよ、今は希望通りマスコミ社会の一員となっている。

　優れた成績を収め、かつ野球選手としても将来を期待されていた沼島だったが、一瞬にして目の前で父親が溶鉄に飲み込まれ、家業まで破綻に追い込まれた。その過酷さに改めて息をのんだ。

「お嬢、どうした？」

「太田さん、どうしても腑に落ちない点があるのよ。なぜ私が株価操縦事件に巻き込まれたのか。それに、潤ちゃんのＵＥＷも標的になったのか。全く心当たりがないのよ」

「ここからは、俺の想像だ。原因は、お嬢の家だと思う」

「実家のこと？」

8

照明が落とされたUEW本社会議室では、プロモーション実績の説明を終えた溝口貞明が、一同を見回していた。

「ここからが、御社にご提案するスポーツビジネスの新戦略です」

潤一郎は溝口を見つめていた。会議室に入った直後に見たプロフィールには、溝口が大学在学中から人材派遣やイベント企画に関するネットベンチャー、「サイバー・スペリオール」を裸一貫で興したと記されていた。

添付されている各種雑誌のスクラップには、「年商五〇億円、年収二億円。年齢三一歳」と記された特集記事のコピーがあった。ビジネス雑誌に頻繁に出ているほか、若き成功者としてテレビのバラエティー番組にもたびたび出演していた。

「弊社はスポーツ中継のネット配信事業に関するコンサルタント、ファンサイトの立ち上げ支援、有名選手のブログ作成サポートやマネージメント、またこれらをトータルでパッケージした商品企画に関してもいくつかプランをご提供できます」

「地方興行の中継に課金することもできるか？」

タイタン佐伯が身を乗り出して溝口に問い返した。

「十分可能でしょう。データベースに登録された個人情報を有効活用すれば、何回中継サイトに入ったかまで確認できますよ」

立て板に水、とはこのことだ。溝口は一人ひとりに視線を合わせながら、次々とパワーポイントのページをめくり、新規ビジネスの提案を進めた。

「ウチがファンドを組成して広くファンからお金を集めるってことになったら、御社はどういう提案をしてくれますか？」

銭谷部長が一番肝心なことを切り出した。

「それでしたら、ウチのサービスは最適かと存じます」

「前向きに検討しよう」

タイタン佐伯の鶴の一声とともに、会議は事実上サイバー・スペリオールとの事業提携に向けて走り出す方向性が固まった。

会議終了後、潤一郎は銭谷部長とともに、溝口をＵＥＷ本社玄関まで見送った。

丁寧に頭を下げげた溝口は、六本木通り脇に止められたジャガーＸＪＲに向けてやや早足で歩いた。潤一郎は、ＸＪＲを凝視した。

溝口は自ら後部座席のドアノブに手をかけた。後部ドアが開いた瞬間、車内から大音量がこぼれ出してきた。シャープなカットでリズムを刻むギターの音、U2だった。

9

レガシーは、市役所通りから宮町商店街のアーケードを抜け、美奈子の実家がある秋葉町にたどり着いた。

かつて美奈子が通っていた小さな美容院の角を曲がると、菊田家の黒塀が目に入った。黒塀の土台には石が組み上げられ、塀の上には瓦葺きの小さな屋根が乗せてある。塀の端から五〇メートルほど進むと、高さ二メートル、幅八〇センチの直方体の柱が掲げられ、『菊田』と行書体で彫られた御影石の表札が見えた。

表札のかかった柱の上には、亡くなった祖父・菊田伝十郎がこよなく愛した赤松が覆いかぶさるように下枝を伸ばしている。正面玄関までは二〇メートルだが、道路に面したこの門からは、ツツジやマンサクの大木が遮る格好となり、玄関をうかがうことさえできない。

太田は門の前を通り過ぎると、五〇メートルほど塀沿いに車を走らせ、菊田金属工業敷地との境にある二階建ての車庫にレガシーを滑り込ませた。父親のメルセデスベンツはなかった。苦手な父親の不在を確認すると、幾分美奈子の気持ちは和らいだ。

太田が菊田本家の裏口に向けて大股で歩き出した。美奈子も小走りで太田の後を追った。

「ただいま」

家族用の勝手口から二人は菊田家に入った。勝手口とはいえ、青森産のヒバで作られた引き戸は、数十年前にこの家が建ったころから寸分の狂いもなく、敷居の上を滑った。玉石が埋め込まれた土間は、優に畳一〇枚分はある。上がりかまちに腰掛けた美奈子は、ロングブーツを脱ぎ、無造作に土間に放り出した。

美奈子は磨き上げられた廊下を台所方向に向かって大股で歩き出した。四、五歩歩いたタイミングで、足音を聞きつけた母、麻理子が台所から顔を出した。

「また美奈子のお守りさせて、申し訳なかったですね」

「久々にお嬢の顔見れて、うれしかったですわ」

麻理子は、三三年前に菊田家に嫁いできた。菊田金属工業が地金と鋼材を仕入れている大手の製鉄会社、川口製鋼所元常務の次女であり、東京生まれ東京育ち、美奈子と同じ女子大を卒業後、花嫁修業をこなし、当時の菊田金属工業の長男、美奈子の父である清蔵のもとに嫁いだ。

「パパが帰ってきたら、私、部屋から出ないからね」

「そんなわがまま言うもんじゃありません」

髪をかきあげながら、麻理子は美奈子とそっくりの皺を眉間に浮かべた。

「社長ももう怒ってねぇからさ」

「太田さん、家《うち》のあのことだけど」

「ああ、そうだね」

太田は美奈子と麻理子双方を見比べると、下を向いた。

「何か話しにくいことがあれば、私の部屋に行こうか？」

「そうしてもらえると、ありがたい」

「ママ、申し訳ありませんけど、コーヒーと何か甘いもの、私の部屋に届けてくださる？」

麻理子に視線を向けることなく、美奈子はさっさと台所脇を歩き、廊下奥の階段を上って自室に向けて歩き出した。

「奥様、申し訳ない」

「いいえ、わがままにつき合っていただいて、こちらこそ、ごめんなさい」

麻理子も太田に視線を向けぬまま、台所に入り、湯沸かしに水を汲み始めた。

◆

美奈子がかつて使っていた部屋は、昔と同じく大型の勉強机が据えられていた。南側の壁に作られた大きめの窓からは、雲の切れ間から薄日が差し込んでいた。机脇のローテーブルにつくと、美奈子は手元にあったクッションを太田に勧めた。

「お嬢、敷きものなんかいらない」

「どういうことなの。もしかして、ママが鍵？」

太田が頷きかけたとき、ドアが開きコーヒーカップと小皿を盆に盛った麻理子が現れた。

「太田さんにご迷惑がかからないようにしてよ、パパが無理なことばっかり言って、いつも困らせているんだから」

「分かったわよ」

お気に入りのワイドショーでも見るのか、麻理子はさっさと部屋を後にした。

「もうママはいないわ。話して」

「真相ってことになるかどうか、分からんけどな」

太田は出されたコーヒーに手をつけることもなく、ぽつりぽつりと話し始めた。

「お嬢、あの日のことは覚えているか？」

「あの日って？」

「お嬢と本条さんとこの潤ちゃんを連れて帝国プロレスの巡業を見に行った日だ」

「たしか私が小学校六年生のときよね」

「そもそもの発端は、あのときなんだ」

太田は、作業服の胸ポケットからマイルドセブンを取り出した。

「あの日、お嬢と潤ちゃんを送ったあと、直樹と会ったんだわ」

「それで？」

「ちょうど、例の事故から二カ月ばかり経ったときだ。直樹は会社をようやく清算して、アルバイトをかけもちして生計立てていた。それであのときはたまたま、帝国プロレスの巡業の設営で……俺が竹田書店のオヤジに声かけて、時給一五〇〇円で直樹を仕事させてたんだ」

「そう言えば、あの日、大和田選手が私たちを案内してくれてたとき、何人かアルバイトの学生がスピーカーのセットを運んでいたわね」

「その中に直樹がいた。あのアルバイトの前、奴はこの家に来ていた」

「なぜ？」

「直樹のオヤジさんがまだ生きていたころ、沼島興業の手形が危なくなることがあってな。社長が個人として二五〇〇万円ばかり短期で金を融通してたことがあった。あの日、ちょうど事故の補償金が入ったあとだったから、直樹がそれを返しにここに寄った」

「そこでママに会ったってこと？」

「直樹はそう言っていた」

「ママが何をしたの？」

「別に何もしてない。でも、目だったって直樹は言っていた」

「どういうこと？」

「俺もうまくは言えねえけれど、奥様の目がすごく冷たかったって」

「ママは沼島さんのこと知っていたの？」

「そりゃ、出入りの業者が溶鉄被って死んだってことは、新聞読んでご存じだった。その息子が金を返しにくることも、あらかじめ、俺が口をきいていたしな」

「じゃ、なぜ、ママの目なわけ？」

「煙草吸わせてもらう」

太田は立ち上がって、窓辺に向かって歩き始めた。マイルドセブンが入ったポケットとは反対側、右ポケットから携帯灰皿を取り出した。太田は窓を半分開けて顔を出すと、マイルドセブンに火をつけた。

「うまく言えねえけど、奴は奥様の目に、ひどく打ちのめされたんだわ」

「目って言われても」

美奈子は、薄型チョコを口に放り込むと、ため息をついた。

「奥様は頭がよくて、俺らみたいな地元の人間にもやさしい、よくできたお人だ。これは間違いない。でも、やっぱり、俺らみたいな、地べたから這い上がった人間を、どこか無意識のうちに見下したようなところがあってさ」

「そんなことないわよ」

チョコを頬張ったまま、美奈子は抗弁した。だが、太田は強く頭を振った。

「いや、お嬢には分からん。別に奥様が新潟の言葉を話さないからって言ってるわけじゃないんだわ。あのな、お嬢。俺らと奥様やお嬢、住んでる属性が違うんだ」

「太田さんまで、何を言い出すの？　私、太田さんにかわいがってもらったこと、感謝してる。潤ちゃんもそうよ。太田さんを見下すわけないじゃない！」

「俺の言葉が足んなかったかもな。でもさ、お嬢、やっぱり、違うんだよ」

再び太田の目が赤みを帯びてきた。

「いいか、お嬢。俺は親なし子で、施設にいてぐれてたのを、たまたま先代の社長に拾ってもらい、職人の仕事を覚えさせてもらって、ここまでになった。俺の運がよかったからだ。俺は日本人だった。でも、沼島のオヤジ、まして直樹はそうじゃない。直樹は仕日」ってことだけで、肩身の狭い思いをしてたんだ。親が死んで、ようやく沼島興業の残務整理して、そんで日々の生活費稼ぐためにアルバイトかけもちして……」

太田が激しく鼻をすすり始めた。

「それを奥様に届けたときさ。『ご苦労さま、大変ね』って、彼女はそう言ったそうだ。言葉だけだったら、そりゃ、すごくやさしい。でもな、温かみがないんだわ。気持ちが伝わってこねえんだわ。あの日、お嬢と潤ちゃんを帝国プロレスの興行に連れていった。そんとき、お嬢たちはVIP待遇で、直樹は汗だくになってアルバイトしてた。『この差はなんだ。俺が何か悪いことしたのか』って、直樹は唸るように言っていた」

いつの間にか、太田はローテーブル脇にあぐらをかき、両手で膝頭を強く握り締めていた。

美奈子は太田のごつごつとした両手に視線を落とした。

「太田さん、私って、冷たい人間なのかな……。太田さんが言う意味、つまり、ママが冷たい目をしたってこと、理屈では分かるんだけど。私も、その、温かみが伝わらない人間なのかな……」

「だから、俺が思うに、直樹は今の日本、そして日本人に復讐をしてるんだ。でも、根は悪い人間じゃない。そこんところ、お嬢も分かってやってくれねえか」

三宝金属の跡地で、ショッキングな事実を告げられた余韻が残っているため、自らの身内が謎を解く鍵だと言われていた美奈子は、太田に対して身構えていた。しかし、ショッキングな事実よりも、身内の人間、あるいは自分も含めた人間に対し、太田のような親しい立場の人物が、冷たい、という感情を抱いていたとは想像していなかった。全く考えもしなかった感情をぶつけられたことに、美奈子は再び動揺していた。自分も、母親のように、無意識のうちに他人の感情を深く傷つけたことがあるのではないか。美奈子はうつろになり始めた意識の中で、懸命に記憶の糸をたどった。

かつての恋人、三村が美奈子の部屋を立ち去るとき、「温かみがない」と吐き捨てるようにつぶやいたことと、太田の言う〝温かみ〟とは同じ意味なのか。美奈子は目を閉じて考えたが、結論は出なかった。

「そろそろ引き揚げるよ。社長とあんまり喧嘩するんじゃないよ」

「沼島さんは、なぜ裏のブローカーに？」

「この国には、目に見えない壁、出身地や生まれた家、育った環境でその後の人生をきっちり決められてしまう何かがある。奴は、必死でその壁を壊しているんだ」

太田が去ったあと、美奈子はローテーブルに肘をついたまま、捜二の資料で見た沼島の顔を思い浮かべた。

第４章　拡散

1

ＵＥＷの年末恒例イベント、ワールド・タッグカーニバルの開幕戦が始まった。潤一郎は異様な熱気に包まれた後楽園ホールを二階席の奥から見渡した。

パンフレットには第四試合『特別マッチ／大和田　vs　Ｘ』の文字が載った。ＵＥＷは通常、興行の二週間前にウェブ上で対戦カードを事前予告するが、今晩は団体設立以来、初めてカードが伏せられた。ファンサイトの立ち上げとプロレス・ファンドの組成に向け、よりエンターテイメント色を濃くして、スポーツ紙や専門雑誌以外の一般メディアに対する露出度を上げる狙いがあった。

ホール東側、リングサイドの一列、二列目には、一般週刊誌のスポーツ担当記者や、女性誌とのつき合いの深いベテラン女性ライターらが陣取っていた。潤一郎は自らのアイディアが正しかったと思った。来日したかつてのスターレスラーでUEWのアドバイザーに就任した〝狂犬〟ことディッキー・マッケンジーの助言を受け、この特殊な試みが開幕戦のカードに加えられた。

リング上では、ディッキー・マッケンジーがたどたどしい日本語で就任の挨拶を行ったばかりだった。ヒールの常道で、大和田がディッキーに突っかかり、ディッキーが往年のボクシングスタイルで身構えた途端、二〇年前のプロレスの構図《アングル》の復活に、後楽園ホール全体のボルテージはさらに上昇した。

目の肥えたファンが集う後楽園ホールでは、青コーナーに登場したミスターデスマッチ、大和田毅に情け容赦ない罵声とヤジが飛んだ。大和田がリングに上がったことで、観客の大半が赤コーナーのXが若手の人気レスラー、巽光太だと確信した。

突然客電が落とされ、ディストーションで歪んだギターのリフが会場全体に響き渡った。ブラック・サバスの「アイアンマン」――。帝国プロレスの年末イベント、世界ベスト・タッグリーグで三度の優勝を誇ったかつてのスーパーチーム、ストロング・ウォーリアーズの入場テーマ曲が流れ出したことで、会場のボルテージは一気に上がった。

赤コーナー側入場門に二〇〇〇人以上の視線が集中したとき、スモークが焚かれ、全身黒ずくめの大男のシルエットが浮かび上がった。

ワークブーツ風の分厚いソールを備えたリングシューズ、太ももに鋲が打ち込まれた革パンツ、そして黒いショルダーパッドには、引きちぎられた鎖が巻きつけてある。顔面は黒い革のマスクで覆われている。ストロング・ウォーリアーズスタイルの男は花道に現れたと同時に、猛然とリング目がけてダッシュした。

「赤コーナー、スーパーストロング・ウォーリアー」

リングアナウンサーが絶叫した直後、大男が革のマスクを脱ぎ、観客席に投げ入れた。同時に、会場全体からどよめきが上がった。ハードコア路線の大男の正体は、顔面にストロング・ウォーリアー風のペインティングを施した巽だった。マスクを脱いだ直後、スーパーストロング・ウォーリアーは、肩口に携えていたショットガンの銃口を大和田に向け、引き金を引いた。

大和田の顔面には、ショットガンから発射された大量の赤い毒霧がかかった。大和田の毒霧殺法を逆手に取る。これも潤一郎のアイディアだった。顔面を両手で覆い、リング上をのたうち回る大和田の背中に、スーパーストロング・ウォーリアーは容赦なくストンピングを見舞った。

五発目のキックのあと、ウォーリアーは大和田を抱え起こすと、そのまま体を肩口まで持ち上げ、トップロープからリング下に叩き落とした。肩口から落下した大和田はリング下にうずくまり、動かなくなった。若手レスラー三人が慌てて傍らに駆け寄ったとき、大和田はようやく膝を立て、肩で息をつきながらリング内のウォーリアーをにらんだ。リング上のウォーリアーは、トップロープを越えて一気に飛び降りると、大和田の肩口をつかんでサードロープの下をくぐらせ、リングに戻した。

ベビーフェイス・スタイルの巽ばかりを見てきた観客は、半ばあっけにとられている。普段の黄色い歓声は一つも聞こえない。観客の表情をつぶさに見ながら、潤一郎はこの路線が当たると確信した。

2

大和経済研究所の新年企画『日本は今——日本経済大予測——』の編集作業を終えた美奈子は、週初めの午後から大手町の大和新聞本社を抜け出し、東京拘置所の面会室のパイプ椅子に、手みやげの月餅を携えて腰掛けていた。これから、透明な強化プラスチックの壁を隔てて面会するのは、大手旅行代理店や家電のネット販売企業のデータベースに不正侵入したとして、一一月下旬に不正アクセス禁止法違反容疑で逮捕された劉馬莉だ。

◆

日本経済の先行きを占う新年企画の取材・編集に向け、美奈子は夏から準備作業を進めていた。流行しそうなファッション、金融界の再々編の行方、家電の売れ筋予測など調査対象は多岐にわたった。広範な取材対象の中で、美奈子がとりわけ注目していたのは、ウェブを利用した顧客サービスのさらなる進化と、企業の取り組みだった。大量の資料に埋もれながら、美奈子は劉の逮捕を偶然知った。

サイト上で同業他社と売れ筋商品の価格比較を実施できるソフトを開発し、自らのサイトで最安値の商品を購入可能なシステムを作り上げた「ウェブエレク」。

創業からわずか五年で東証二部への上場を果たしたこの新興企業は、突然ホストのサーバーがハッキングされ、停止に追い込まれた。当然、株価は急落した。関連記事を集める中で、美奈子は劉の顔写真を社会面で見つけた。東伏見のすえた臭いが充満する小部屋で二台のPCを操っていた劉が、前代未聞の経済犯罪の容疑者として扱われていた。

「『弊社専売所従業員、顧客情報八〇万件不正入手――警視庁・中国人留学生を逮捕』

警視庁ハイテク犯罪対策総合センターと西東京署は□△日、大和新聞社東伏見専売所勤務の中国人留学生、劉馬莉（25）を不正アクセス禁止法違反容疑で逮捕した。同容疑者は、旅行代理店や家電のネット販売専門業者のサーバーに特殊なソフトをインストールし、違法に取得したメールアドレスやパスワードの情報を名簿業者などに数十万円で売却していたもよう。関係者によると、同容疑者は学費稼ぎと郷里への仕送りが目的だったと供述しているという。被害にあったネット家電大手のウェブエレクでは、顧客が注文を入れるシステムが四日間にわたりダウンし……。大和新聞社・社長のコメント：弊社専売所従業員がこのような……」

東伏見専売所で出会った劉は、明るい表情でパソコンが得意だと語っていた。あの屈託ない笑顔の若い女性が、不正アクセスに手を染めていた。しかも、彼女がアクセスした企業の株価は軒並み急落している。なぜ、犯罪に手を染めたのか、動機を直接聞いてみたい。研究員ではなく、記者としての好奇心が、美奈子を動かした。美奈子の脳裏に、専売所の薄暗い部屋の光景が浮かんだ。壁に残っていたU２のステッカーが、何度も点滅したような気がした。

◆

拘置所の女性職員に伴われて面会室に現れた劉は、以前専売所で会ったときからは幾分頬が痩《こ》けていたが、やつれてはいなかった。

「やっぱり、あなた、あのときの記者さんだ」

強化プラスチックの板越しに、拍子抜けするほど明るい声が響いた。

「元気でやってる劉さん？」

「とても元気ね。ところで私に何聞きたい」

「なぜ、あんなことしたの？」

「家族のためね」

劉は、声を一段低くし、付き添いの女性看守を横目で見た。

「仕送りがあったから、私の家族、病院に行ける」

「仕送りのためって言っても、劉さん自身が逮捕されてはしょうがないじゃない。あなたのハッキングで、株価が暴落した企業もあったし、数十万人のプライバシーが危機にさらされたんだから」

突然、劉が美奈子の目を見据えたまま、小さく笑った。

「家族のためなら、拘置所《こうちしょ》に入ることくらい、何ともないよ。それに、私なんかより、もっと稼いでいる中国人ハッカー、たくさんいるね。日本のセキュリティー対策、まだまだ不十分。中国人ハッカーにやられる会社、もっとたくさん出てくるよ」

「だからね、劉さん」

そう言いかけて、美奈子は言葉を飲み込んだ。頬に赤みがさし、どこか垢抜けしない劉の風貌は、農村部の出身だということは想像できた。上海で工員をするよりも、日本でハッキングビジネスに手を染めた方が、手っ取り早く家族にまとまった金を送金できる。くるくるとよく動く劉の目に悲壮感はなく、むしろ家族に着実に送金を果たした充足感さえうかがえた。美奈子は、コーチのブリーフケースから一枚の写真を取り出した。

確認する価値はある。いや、そのために、わざわざ小菅まで出向いたのだ。美奈子は意を決して、潤一郎から分けてもらったスナップ写真を劉の眼前に掲げた。

「この人のこと、知ってるかな？」

劉が大きく頷いた。

「沼島さん。直接仕事の指示をされたことないけど」

やはり、沼島だった。劉がどういう経緯で大和新聞の東伏見専売所に勤め始めたのか、また、どういう接点から沼島の手先となってハッキングに手を染めたかは分からない。

ネット家電大手のシステムダウン、それに伴う株価の急落。西大后や浪越の株価操縦の手口をみる限り、沼島は再びウェブエレク株の急落前に信用売りを仕掛け、巨額の利益を手に入れたのは間違いない。巧妙な仕掛けで株価を意図的に操作したのは容易に想像がつく。だが、なぜハッカーを雇ってまで、個人情報を大量に集めたのか。その用途は何か。

3

後楽園ホールでの興行から四日後、銭谷部長が興奮した面持ちで会議出席者に資料を配り始めた。

「先の後楽園大会、入場者数は二〇〇〇人、興行収入はざっと一五〇〇万円といったところで、通常のシリーズ開幕戦としてはまずまずの数字が出ました。ところで、サイバー・スペリオール社と共同で実施したウェブ中継ですが……」

潤一郎は、配られた資料の二ページ目、エクセルで描画されたグラフに視線が釘付けになった。興行収入の二五〇〇万円の棒グラフの横には、一〇〇〇万円の売り上げを示すグラフが描かれていた。

「一〇〇〇万円の売り上げがグラフに出ておりますが、これは実験的に中継した際の売り上げです。ちなみに、サイバー社のデータベースから、スポーツ好きの顧客に勧誘メールを出し、五〇〇円の視聴料を払ってくれた二万人分の売り上げが一〇〇〇万円であります」

本腰を入れてサイトを立ち上げ、プロモーションも加えたら、視聴者の数はさらに増えるだろう。

「ちなみに、各試合ごとに何人が観たかというデータも資料の最終ページに参考として掲載してございます。今後、この方式を本格化させ、テレビ中継と興行の二本柱に加える新たな収益源として……」

会議室の中を見渡すと、社長のタイタン佐伯が身を乗り出して銭谷部長を凝視していた。

「サイバー・スペリオールとは、業務提携だけじゃなくて、資本提携まで踏み切ったらどうか？　日本橋テレビの重役には俺の方から根回しを進めておくから」

タイタン佐伯は矢継ぎ早に提案した。

「潤一郎おまえいつもPCいじってるから、俺よりは詳しいよな。おまえをサイバー・スペリオールとの渉外担当にするから、存分にやってくれ。それに、例のプロレス・ファンドの件も、サイバー側と協力できないか検討してくれ」

タイタン佐伯は一気にまくしたてると、席を立った。タイタン佐伯が言うように、サイバー社と資本提携してより濃密な関係を築けば、ファンサイトの立ち上げやプロモーション能力は格段に上がるだろう。ついこの前まで資金繰り難に陥りかけたUEWが、突如として盛り返した。本当にこれがUEWの実力なのか。会議室を立ち去るタイタン佐伯の大きな背中を見ながら、潤一郎は考え込んだ。

4

〈あんたが一番時間あるんだから、予約お願いね〉

秋田英里はそう言って一方的に電話を切った。

美奈子は、受話器を置くと早速自席のPCモニターをネット画面に合わせた。グーグルを呼び出し、「温泉」「雪見酒」「蟹」のキーワードを書き込む。即座に数百件の検索結果が現れた。

英里は同期の女性社員五、六人を誘って、温泉で女だけの新年会を開くことを主張し、幹事役を美奈子に強引に押しつけていた。

先日、沼島の足跡をたどる故郷巡りを行ったときは、今にも雪が降ってきそうな曇天が続いたが、結局あの重苦しい雪を避けることができた。

美奈子はグーグルの検索ワードに「新潟」という文字を追加して、エンターキーを叩いた。

《瀬波、月岡、岩室、赤倉……》――。検索結果の欄には、新潟県内の様々な温泉地の観光協会、旅館の情報が現れた。美奈子は地元燕市から一番近い岩室の項目の上でカーソルを止めた。

美奈子の実家から岩室へは、車でわずか二〇分足らずの距離だ。古くからの料亭旅館が立ち並ぶ温泉町で、親戚縁者の婚礼や法事で老舗旅館の大広間を使ったことはあるが、泊まったことはない。美奈子はさらに画面を凝視し、かつて曾祖母の法事で訪れた旅館のサイトに入った。カニの食べ放題コースの見出しがあった。

美奈子はすばやく旅館の予約画面に飛び、自らの名前、住所、電話番号を入力した。次いで宿泊希望人数、日時など求められるままに必要事項を入力して、《予約》と記されたカーソルを押した。だが、三秒後には《予約ご希望日は既に満員です》とのメッセージが返ってきた。

キーボードから手を離した美奈子は、東京拘置所で接見した劉の顔を思い出した。劉は旅行会社の予約画面にも不正アクセスしていた。今、美奈子が入力した情報が仮にハッキングされていたとしたらどうなるのか。満員で予約こそ跳ね返されたが、事前に決済する際は、当然クレジットカードが利用される。劉が不正に入手した情報には、クレジットカードの情報も含まれているに違いない。

劉は入手したデータを数十万円程度で業者に転売していたという。数十万円払って入手した業者は、入手した情報に仕入値の何十倍も価値を見出していたはずだ。しかし、業者は具体的にどうやってそのデータを悪用するのか。劉は単なる手先でしかない。来年以降、取材テーマの柱としようと考えていたネットを利用した商取引について、リスク管理の面で、もう少し掘り下げる必要がありそうだ。

美奈子は、リスク管理の専門家にアポを入れた。その後、受話器を取り上げると、実家の番号をすばやくプッシュした。

「ママ？　美奈子です。岩室温泉の絹屋旅館なんだけど、至急予約のお願いをしたいの。ママから口添えしてもらえないかな？」

ネット上でははじき返されたが、コネという有力な武器があることを知っている美奈子は、普段は疎遠な母親に猫なで声を出した。

5

北風に煽られ、美奈子は六本木通りをアークヒルズに向けてよろけるように歩いた。外資系銀行の本店脇でビジネスマンとすれ違ったのみで、幅広な歩道にはほとんど人がいない。街路樹の落ち葉が北風に煽られ、猛烈な速度で回転していた。アークヒルズのエントランスは、閑散としていた。美奈子はメモを頼りに、エレベーターホールに向かった。

エントランスホールと同様、六階ロビーも照明が白熱灯から蛍光灯に取り替えられ、一層寒々とした情景だった。

エレベーターホールを左に折れ、案内表示の通りに歩いた。オフィスの入り口には、小さな文字で「セキュリティー・アドバイザーズ」の札が吊り下げられているのみだった。

美奈子は小首をかしげながら、受付席に据えられた内線電話を取り上げた。

◆

「一番安全なのは、現金。心配ならば、決済どころか、ネットを利用するのはやめた方が無難ですよ」

美奈子の眼前には、黒いポロシャツにジージャンを羽織った男がいた。

原田義一と名乗ったセキュリティー・アドバイザーズ社のCEOは、西麻布の渋いバーのマスターといった風情で淡々と話した。

「ネットはある意味無法地帯ですよ。日本では、まだネット犯罪に対する当局の監視が緩い。ご指摘の中国人ハッカーのような連中は、まだたくさんいますよ」

「彼らの狙いはなんですか？　なぜ、個人情報を数十万円も出して買うのですか？　私のメールアドレスが盗まれたり、携帯の番号が怪しげな業者に渡るのは気味が悪いですけど、今のところ、実害は出ていません」

「そうですか？　今、あなたはPCを持っていらっしゃいますか？」

「ありますけど」

美奈子はコーチのブリーフケースから外出用に使っているＢ５サイズのＰＣを取り出した。

「ちょっとお借りしてもいいですか？」

原田は応接セットを離れ、自席のデスクからＡ４サイズのＰＣを取り出して二、三本のラインを美奈子のＰＣと直結させた。

「安全度を測定してあげますよ」

原田は二台のＰＣを立ち上げると、すばやく双方のモニターを見比べ始めた。

「菊田さん、普段このＰＣをネット接続に使っていますよね？」

「もちろん」

「スパイウエアってご存じですか？」

「キーロガーとか、その手の他人の情報を盗み見るやつですよね」

「現在、あなたのＰＣには、キーロガー二個を含む二五個のスパイウエアが侵入している」

「きちんとアンチウイルスソフトの更新はしてますけど」

美奈子は腰を上げ、原田の側に回ってモニターをのぞき込んだ。

原田のモニターを見ると、種類ごとに分類されたスパイウエアが侵入した日時とともに記されていた。

「あなたが無意識に見に行ったサイトに植え付けられていたり、あるいはお友だちからもらった添付ファイルにこうしたスパイウエアが紛れ込んでいたようですね」

「ネット銀行を使っていますけど、これで銀行口座のお金が抜かれていたりしたわけではないですし……」

「誰かがやろうと思えば、いつでも可能な状態にあるのは間違いない」

「そんな……」

「菊田さん、あなたはこのPCから記事を書いて、送稿したことはありますか？」

「ええ、外出時にいつでも記事を送れるようにって、この小さいタイプを買ったんですから。もしかして、記事を盗み見ることもできるんですか？」

「埋め込まれたソフトの種類をみると、十分可能ですね。どうやら、誰かがあなたのメールソフトから送られたものを盗み見た形跡がある」

「一応、添付ファイルの形にしていますけど……。それに社のメールシステムは暗号化されていますし……」

「『このサイトは安全です』って認証を与えるのが専門の業者のシステムにセキュリティーホールがある時代です。暗号化されている文書でも、盗み見ようと思えば三〇〇〇円程度の専用ソフトを使えば簡単にできますよ。だから無法地帯なんです。この手の迷惑ソフトをばらまく連中のほとんどが、面白半分に他人のプライバシーをのぞき見するだけの、ある意味かわいい連中です。だが、特定の悪意を持った輩がこれを悪用すると大変なことになる」

「誰のことですか？」

「海外ならマフィア、日本なら、暴力団ってことになりますかね」

原田の言葉を聞いた瞬間、肩が強張った。

今年二月、西大后の株価操縦事件に巻き込まれた際、あの松山という男が常に先回りをしていたのは、沼島が何らかの手段でこのPCから情報を吸い上げていたからではないか。沼島が劉と松山を陰で操っていれば、盗み見も十分に可能だ。

「その怪しい人たちにどうして私のメールアドレスとか個人情報が分かったんでしょうか？」

「あなたは職業柄、いろんなところで名刺を出しますよね。ほら、私が先ほどいただいたモノにも、あなたのアドレスが印刷されている」

「ウチの新聞社、セキュリティーの意識は決して高いとは言えませんが、さすがに記者個人のメールは暗号化されていますし、記者ごとに割り当てられたコードがなければ、社のネット網に入ることは不可能ですよ……あっ!!」

美奈子は、その場に立ち上がった。一月の後楽園ホールでの巽とボンゴ鈴木との大乱闘を思い起こした。

あのとき、乱闘に巻き込まれるのを避けようと、沼島と一緒に特別リングサイド席にブリーフケースを置いたまま退避した。リングサイド脇の特別席をなぎ倒して乱闘を繰り広げた二人の大男のせいで、当時使っていたＰＣは破壊され、買ったばかりのレザーコートも無惨に引きちぎられていた。

同時に、ブリーフケースの中身が散乱し、沼島がそれらを拾い集めるのに手を貸してくれた。特に、名刺入れからこぼれ落ちた自分の名刺、そして取材先からもらった名刺を沼島は残らず回収していた。あのとき、沼島は自分が菊田金属の娘、記者という特殊な立場にいることを瞬時に把握した。

特定企業のサーバーを攻撃し、何日間もサービス停止に追い込んだ劉を手なずけていたとすれば、美奈子のメールを盗み見ることなど造作もないことだ。

「どうやら、心当たりがあったようですね。どうしますか、入り込んだこのソフト、今から削除しましょうか？」

「そうしてください」

美奈子はソファーに深く座り込んだ。なぜ、沼島が自分を標的に選んだのか、ようやく接点が浮かんだ。同時に身震いがするほど怖くなった。

「あ、待って。メールを盗み見ていたソフトだけは残しておいてください」

「いいんですか？」

「仕返しができるでしょ？」

「言っておきますが、これを特定の意図を持った人が操っていたとしたら、決して筋のいい人たちじゃない」

「かまいません。ところで原田さん、先ほどの個人情報を扱っている業者の狙いですが」

「多分こういうことでしょう」

「あの、銀行の無人ＡＴＭ店舗に隠しカメラと発信器を仕込んで情報を盗む業者のようなものですか？」

「ちょっと違いますね。私がやるのであれば、もっと簡単で、リスクが少なく、儲けがでかい方法でやりますけどね」

「儲けがでかい？」

「この前、米国の大手カード会社のデータが四〇〇〇万件盗まれる事件があったでしょう。私ならあの手を使いますね」

「たしか、ビザとマスターのデータ管理会社から個人情報が流出して大騒ぎになったあの事件ですか」

「あれはネットやカードを使った究極のビジネスモデル、究極のマニピュレーションでしょう」

「どういうことですか？」

「広く、しかも浅くってことです」

「よく分かりません」

「菊田さん、あなたは普段洋服を買われるときは現金ですか、それともカード？」

「カードですけど」

「毎月、カード会社から送られてくる明細はごらんになりますか？」

「ええ、一応」

「今着ていらっしゃるそのニット。値段は覚えていますか？」

「たしか二万円くらいだったかな」

「送られてきた明細書の値段と、レシートの値段を見比べますか？」

「いえ、買ったものの内訳と合計金額の欄しか見ませんね」

「では、仮にそのニットが消費税込みで二万一五〇〇円だったとします。でも明細に載っているのは二万二〇〇〇円だったとしたら」

「私、大雑把な性格なもので、そこまでは絶対に気づかないと思います」

「そこですよ、連中が注目するのは」

「でも、たかだか五〇〇円ですよ」

「だから、油断するんです。つまり、あなたみたいな大雑把なカード利用者が一万人いて、月々五〇〇円の請求上乗せに気づかなかったら？」

「単純計算しても、月に五〇〇万円の儲けってことですか」

「それがカラクリですよ。だから、彼らは必死になって個人情報をかき集めるんです。昔は個人情報を集めるって言えば、そうだな、水道橋の場外馬券売り場あたりが本場だったようですけど」

「なぜ場外馬券売り場なんですか？」

「負けがこんだギャンブラーたちは、熱くなって軍資金を備え付けのATMから下ろしますよね。出てきた明細を細かく裁断するような人はほとんどいない。屑籠は常に個人情報の詰まった紙で満杯になっている。ほんの数年前までは、特定の名簿業者がアルバイトを雇って屑籠の明細書をかき集めてましたよ。明細書には、銀行番号、支店番号が記載されていますからね。ただし名前は書いていない。でも残高はご丁寧に書いてある。業者が残高の多い人のものを集めて、他の銀行ATMから振り込み手続きを取れば、口座名義人の名前は簡単に端末に表示されます。あとは振り込みのキャンセルをすればいい。完璧に把握できるわけですよ」

「それが今はネットが急速に普及したから、それをネット上で集めるようになった」

原田は深く頷いた。

「数十万円でデータを買い取ったとしても、月に一〇〇〇万円の儲けが出るとしたら安い買い物です。究極の詐欺ですよ」

原田の言葉には重みがあった。「広く・浅く」というスキームに沼島が目をつけているとしたら、株価の乱高下という局地的な犯罪から、カード利用者という裾野の広い一般人を対象に被害はさらに拡大する。

6

新しいヒールキャラクターの登場にUEWは沸いていた。潤一郎の狙い通り、プロレス専門雑誌のみならず、一般のスポーツ紙、週刊誌などが取材の申し込みに殺到した。

かつての強烈なヒールキャラクターが復活した。しかも、その正体はUEWのホープ、正統派の巽光太だ。久々の強力キャラの登場で、様々なアングルの組み合わせが可能となった。

今回、スーパーストロング・ウォーリアーを登場させたことで、一般メディアの関心を惹いた。プロレス・ファンド、そしてファンサイトの立ち上げ作業に加えて、押し寄せる取材陣の対応に潤一郎は忙殺されていた。

「週刊世界、週刊ズバット、女性誌からも取材依頼が入ってるよ、潤ちゃん」

「あと幼なじみの新聞記者にも会員登録してもらいましたから、そのうち一般新聞にも取り上げてもらえそうですよ」

銭谷部長との会話も自然と弾み、取材スケジュールの捌きも順調にはかどっていた。

サイバー・スペリオールからも日に三回、UEWのファンサイトの立ち上げに関する経過報告が上がってきた。

「先ほど入ったメールですと、会員数は五万人、このうち、二〇〇〇人がプロレス・ファンドの出資に関する広告のバナーをクリックしてくれているようです。この二〇〇〇人の傾向をみているのですが、会社員が五〇〇人、OLや女子大生が三〇〇人。女性の伸びがいいようですね」

潤一郎の手元のPCのモニターで、メール着信のライトが点滅した。

潤一郎は、すばやくメールを開封した。美奈子だった。

〈近々、夕ご飯食べませんか。いろいろと報告しなければならないこともあるし〉

〈了解。当分巡業には出ないから、原則、いつでもオッケーです〉

メールを打ち返した潤一郎は、新春シリーズのパンフレットの仮刷りに目を通し始めた。次はどのような場面でヒールキャラを登場させるか、そのことだけに意識を集中させていた。

7

四谷三丁目の四川料理屋で、美奈子は太田に聞いた沼島の生い立ちを潤一郎に告げた。

「太田さんの説が正しければ、彼が美奈ネエを西大后事件に巻き込んだのも、そしてUEWに接触してきたことも、ある程度説明がつくわけだ。でも俺たちにどうこうしても、無念さを晴らすことにはならないと思うけど」

「太田のおじさんも言っていた。私たちは恵まれた人間なんだって。末端で、しかも人生をねじ曲げられた人たちに、温かい態度で臨みなさいってさ。ショックだったわよ」

塞ぎ込む二人の前に、中国人アルバイトが温めた老酒とウーロン茶を運んできた。

「それで、プロレス・ファンドの企画はうまくいっているの？」

「サイバー・スペリオールっていうネットコンテンツの会社がいろいろサポートしてくれている」

「あの若きカリスマ社長ってふれこみの溝口なんとかが興した会社？」

「そうだよ」

「でも何か、怪しくないかな？　詳しくは覚えていないけど、溝口社長、年商五〇億、年収二億って謳い文句であちこちのメディアに露出しているでしょ。年商五〇億ってことは売上高五〇億円ってことよね。でも、その会社、利益はどのくらい出ているの？　そもそも、売上高が五〇億あったら、このご時世でなんで株式を公開していないの？」

「一回プレゼンをやらせたら、佐伯社長が気に入って、鶴の一声で業務提携が決まったんだ。もう少ししたら、資本提携ってことになると思う」

「資本提携ですって？　ちゃんと相手のことを調べないと。上場しているＩＴ企業の中でも、いくつか暴力団の息のかかったところがあるのよ」

「でも、この前の後楽園ホール興行、ネットのファンクラブ限定放映で一〇〇〇万円の売り上げが立ったんだ」

「何か気になるんだよね」

「今年はいろいろあったから、神経質になっているだけだよ」

「私のルートで調べてみるよ」

麻婆豆腐を平らげた二人は、鶏とエビのダシがきいた汁そばを平らげて店を後にした。

「沼島の〝情婦〟がママをやっているお店が近所にあるんだけど。ちょっとだけ寄ってみる？」

「大人ぶった言い方をしないように。あ、そう言えば、こんなことがあったんだ」

外苑東通りを横切り、杉大門通りに向けて歩を進めながら、美奈子は小菅の東京拘置所で劉に接見したこと、そしてセキュリティー・アドバイザーズの原田とのやりとりを潤一郎にかいつまんで話した。

「沼島が新たなヤミのビジネスを展開しようとしている可能性が高いわけだ」

「そうかもね。とても危険な人だってことは理解できたわ」

二人は杉大門通りの中程にたどり着き、雑炊屋の看板脇を曲がって雑居ビルに足を踏み入れた。地下に向かう階段の先には、以前と同じように「ナバホ」の文字が浮き上がっている。

潤一郎が店のドアを開けると、以前と同じように間接照明で照らされたギャラリー風のエントランスが二人を迎えた。

「いらっしゃーい!!」

以前、浜田と訪れたときは落ち着いた印象のホステスが現れたが、今日は一八〇度トーンが違う。モーターショーのコンパニオンのように、肌の露出度の高いボディースーツ姿の若い女が、甲高い声で潤一郎を迎えた。

「直美ママはいらっしゃいますか？　以前、お邪魔したことがあるんだけど」

「誰？　ママの名前は、悦子ですけど」

「潤ちゃん、どうしたの？」

「ママが替わったらしい」

「いらっしゃいませ、どうぞお入りになって、私がママの悦子ですけど」

安物のコンパニオン風の女の後ろから、今度は売れ残った演歌歌手のような四〇代後半の着物姿の女が現れた。

「本条と申しますが、直美ママは？」

「今は私がオーナーママですよ。前のオーナーは、なんでも先月に突然にこの店の権利を売りに出されて、居抜きでこのお店を買ったので」

二人は顔を見合わせた。

「でも……なんでもその後、自殺されたって噂があるんですけど」

悦子と名乗った新しいママは小声でささやくと潤一郎のジャケットの袖を引いた。

「自殺！」

潤一郎が大声で反応すると、目つきの鋭いバーテンがカウンターから飛び出し、ママと新規客とのやりとりをうかがっている。

「店を間違えたようです。失礼」

潤一郎はママを振り切ると、美奈子を伴って急ぎ足で急な階段を駆け上がった。

杉大門通りに出た二人は、カウンターだけのバーを見つけると、席についた。

「自殺ってどういうこと」

「よく分からない。今、パソコン持ってる？」

美奈子はＰＣを起動すると、ＰＨＳを接続した。「四谷、クラブ経営者、自殺」とのキーワードをデータベースに入れると、社会部出稿のベタ記事が現れた。

「『新宿区のクラブ経営者、服毒自殺』

新宿区四谷でクラブを経営していた倉本直美さん（33）が○△日、同区内の自宅マンションで青酸カリとみられる薬物を摂取、死亡しているのを従業員が見つけ一一九番通報した。警視庁四谷署は、倉本さんに外傷がなかったほか、部屋が物色された様子がなかったことから自殺と断定、詳しい死因と自殺の動機、薬物の入手経路を調べて……」

二人はカウンターで顔を見合わせた。

「自殺って、本当なの？　潤ちゃん、さっきママは沼島の情婦って言っていたけど、あなたとの間で何かあったの？」

「沼島のことを教えたからなのか？」

浪越の高橋社長の逮捕劇、そして、それを演出した直美の死。幼なじみの二人は、カウンターに両手をつき、二、三分の間沈黙した。

8

翌日、美奈子は社会部に駆り込んだ。しかし、社会部の遊軍担当デスクから、けんもほろろの対応を受け、肩を落としながら経済研究所の自席に戻った。警視庁クラブ経由で四谷署に直美の死因に関する情報を探ってもらうようしつこく頼んでいたが、「自殺」という線は揺るがなかった。自分で探るとしたら、何ができるのか、美奈子は腕組みをしながら考え始めた。

ＰＣモニターに目を向けると、ランプが光っていた。メール着信だ。

《ＵＣＢカード／来月のお支払いのご案内》。開封したメールには、カード会社から請求案内が届いた。ＩＤとパスワードを入力し、《来月引き落とし分・明細表示》と書かれた項目をクリックした。

バーの支払いが三万円、コート代が一五万円、携帯料金が一万五〇〇〇円、いつもの明細だった。

生活費の項目をチェックし終えたところで、カーソルを動かすとふいに手が止まった。

ＵＥＷファンクラブ年会費との表示だ。内訳を見るとネット中継配信料合計五二二〇円と記されていた」

システム手帳を慌ててめくり、潤一郎からもらっていたファンサイトの案内チラシを取り出した。

『UEW特別会員：年会費↓四五〇〇円、ネット中継費（サービス期間中特別優待）↓五〇〇円』

美奈子はもう一度案内書とPC上に現れた請求額を見比べた。

二三〇円分、余計に請求されている。

美奈子の脳裏には、バーのマスターのような原田の顔が瞬時に浮かび上がった。

広く、そして浅く金をだまし取るウラのビジネスモデルではないか。原田は今後拡大するであろう犯罪の手口を、そう予想していた。美奈子は携帯電話をつかんだ。

◆

美奈子から電話を受けた直後、潤一郎は会議室を抜け出し、本社の総務部に駆け込んだ。

ドアを開け、営業のスタッフの表情を見ると、息をのんだ。

「すぐに原因をチェックして返金の手続きを行わせていただきます」

「次回のネット放映の際には、このような不手際は起こりません。確約させていただきます」

銭谷部長はニュース映像で見た為替ディーラーのように、二本の電話を同時に処理している。

手元の電話を見ると、一〇個の着信ランプがすべて灯っていた。潤一郎はたまたま点滅している五番のランプを押すと、受話器を取り上げた。

〈バカヤロー！　おまえんところのサイトはどうなってるんだよ!?　セキュリティー対策してなかったなんてこと、このご時世ではあり得ねーからな〉

「申し訳ありません。ただ今対応中です。今しばらくお待ちください」

〈俺の個人情報がどこに行ってるかも判明してないんだろ？　なんとかしろよ〉

これがクレーム対応というものか。ＵＥＷのファンは、熱狂的という文字がぴったり当てはまる人たちが圧倒的に多い。興行に熱心に足を運んでくれるファンが、一転して怒気の塊となって押し寄せている。

9

「双子の悪魔の仕業ですね」

「双子の悪魔？」

UEW会議室に置かれたPCのモニターを見ながら、セキュリティー・アドバイザーズの原田が唸った。原田の周りには、潤一郎、銭谷部長、そして美奈子が腕組みをしながら、真剣な表情でモニターをにらんでいた。

「双子の悪魔、別名リバース・プロキシ。ホンモノのサイトにそっくりそのまま似せたインチキサイトを作り、そこに顧客を誘導してIDやパスワードを盗む手口ですよ。パスワードが抜かれたあとは、ちゃんと本家のサイトに誘導されるよう仕組まれていますから、騙された人たちが気づくのは、カードの請求が来たあとになる。以前、ヤフーのポータルサイトとそっくりの絵柄を作って個人情報を抜いていた人間が逮捕されましたが、基本的に仕掛けは一緒です」

「誰かが意図的にうちのファンから金をだまし取ろうとした？」

「どなたがこのサイトの課金システムを作られましたか？」

「提携しているサイバー・スペリオール社ですけど」

「今の段階で確定的なことは言えませんが」

原田が一瞬言葉を濁したタイミングで、潤一郎は口を開いた。

「UEWのためなんです。はっきりおっしゃってください」

「ここを見てください」

原田は手元にあったボールペンでモニター上の一点を指した。

「これは、御社のシステムのルート図ですが、一点だけ、不審なサーバーが立っていた形跡があります。誰かが意図的にサーバーを立て、それで騒動のあとに取り除いた跡があります。御社の中で、こんなスキルのある人はいらっしゃいますか？」

潤一郎は頭を振った。

「ということになれば、この課金システムを作った人がまず怪しいということになる。皆さんはあまりIT業界にお詳しくないようですが、サイバー・スペリオール社はいろいろきな臭い噂の絶えない会社ですよ」

潤一郎は両手で頭を覆うと、髪を猛烈な勢いで掻きむしった。

10

市谷の東京商業データバンク本社三階、情報部脇の打ち合わせスペースに通された美奈子は、部長の角上を待った。

「よ、美奈ちゃんお待たせ」

「お世話になっております。結果は？」

角上は分厚いファイルをデスクに乗せた。

「結果から言うと真っ黒な会社だ」

「真っ黒ですか」

「ああ黒いな、実に黒い。表向きはあの溝口っていうキザな野郎が取り仕切っていることになっているがスポンサーは別にいる。確かに年間の売り上げは五〇億程度ある。しかし、利益が出ていないんだ。いや、あえて利益を出していないって言った方がいいかもしれない」

「スポンサーって、もしかしてマル暴？」

「典型的なマル暴のフロント企業だよ」

角上が早口で話し始めた。

「まず、筆頭株主の『丸の内総合開発・再生投資組合』ってあるだろう？　これはある広域暴力団の息がかかった企業舎弟の投資ファンドだ。それから第二位の『クレディ・チョモランマ・ファンド』ってあるよね。これはまだ確認が取れていないんだが、どうやら華僑系の黒い組織の金を運用しているって噂が絶えない」

「要するに主要な株主は軒並みマル暴だったり、マフィアのフロント企業ってことですよね？」

「サイバー・スペリオールを隠れ蓑にして、金を洗う奴がいるんだ。サイバーに出資するとか、短期の金を貸し付けた形にしてな。金を洗うだけならまだ良心的な方だ。これは俺の想像だが、ウェブ関連のサイト立ち上げなんかのコンサルをやるって言って個人情報を抜くようなとんでもないビジネスを手がけて、それがヤミの勢力に流れているんじゃないか」

「やっぱり」

「なんだ、美奈ちゃん、心当たりがあるのかい？　どこがやられたんだ？」

角上は本業である企業調査マンの顔をのぞかせた。

「UEWです」

「いくらやられたんだ？」

「ファンクラブの特別会員一〇万人向けにネットで中継した放映代金、二三〇〇円が上乗せされていました」

「ちょっと待ってろよ」

角上は慌てて席を立つと、一番近くのデスクで資料整理していた若手の調査員を押しのけ、データベースを操作し始めた。直後、UEWの信用調査票が印刷された。角上は用紙のミシン目を乱暴に引きちぎると、調査票を携えて戻ってきた。

「二三〇〇円の一〇万人分ってことは、二三〇〇〇万円か。昨年のUEWの売上高は一四億円そこそこ。二三〇〇万円ってことは、後楽園ホールの興行一回分の売り上げがそのままなくなったってことだ。美奈ちゃん、見てみろよ」

角上は美奈子に向けて資料を広げ、棒グラフを指さした。

「これは倒産確率って言うんだが」

棒グラフが二本あった。青いグラフは業界平均、もう一つ、角上が指し示したのはUEWだ。

「業界平均ってのは、メジャー団体、それからインディー系の団体をトータルで示したものだ。業界平均は七〇%を超えているが、UEWは五%だ。タイタン佐伯は堅実経営だからな。でもこの二三〇〇万円の被害がさらに広がるようなことになれば、この倒産確率のグラフは一気に五〇%程度まで急上昇することになるぞ」

「危ないってことですよね」

「この話は俺の胸の中にしまっておく。その間に、なんとかしてやってくれ。でないと、こいつらが黙っていない」

角上は調査票の取引銀行欄、『協立銀行六本木支店』『四ツ井銀行麻布支店』の名前を人指し指で叩いた。この調査票は取引銀行の審査部に回る。その前に危機を回避しろと角上は暗に教えてくれたのだ。

「あっ！」

角上がＵＥＷの調査票を持ち上げ、プリントの一部が美奈子の視界に入った。そのとき、偶然主要株主リストが現れ、美奈子の視線は一〇位の株主に釘付けとなった。

「一〇位の株主……スワロー・アソシエーツって……」

11

「すべてしゃべってもらうからな」

溝口のＹシャツの襟元をつかんだ潤一郎は、一気に立ち上がらせた。

「潤ちゃん、やめなさい！」

応接セットで腕組みをしていた美奈子が叫んだ。

「手を離しなさい！」

溝口が力なくソファーに解き放たれた。自信たっぷりの表情でプレゼンを行った姿はそこにはなく、視線は天井から吊るされたスポットライトの間を泳ぐのみだった。

「俺だって、苦しかったんだよ」

「苦しかったからって、金をだまし取っていいっていう理屈にはつながらないんだよ！」

「とにかく、今は溝口さんの言い分を聞いてみようじゃない」

「昔は、真っ当なネットコンサルをやっていたんだよ。でも、あの日、交通事故に巻き込まれてから、俺の人生は他人のものになった」

溝口は、ゆっくりと話し続けた。

「事業が軌道に乗り始めた二年前、ようやく買ったメルセデスで六本木通りを流していたんだ。そしたらちょうど西麻布交差点前で立ち往生しているマークIIを見つけたんで、急停車した。直後、追突されたんだ。車を降りると、その筋の人間が首をさすりながら降りてきた」

「うそだ。作り話だろ」

「うそじゃない。気がつくとマークIIはいなくなり、追突された被害者の俺が、いつの間にか加害者の立場になっていたんだよ。示談金だ、見舞金だって、ガンガン会社の金を抜かれたよ。毎日強面《こわもて》のお兄さんたちが出入りして、相当参っていたときに現れたのが沼島さんだ。話をまとめてやるって言われた」

両手で顔を覆った溝口は、大きな音を立てて鼻をすすった。

「結局、沼島さんが俺を陥れるために仕組んだ猿芝居だったんだ。経理の部屋に行ってみなよ。広域暴力団の息がかかった経理スタッフがごろごろいる」

「なんで自首しなかった？　ＵＥＷは潰れかかってるんだ」

「警察か弁護士のところに駆け込もうって、何度も考えたさ。でも、実家のお袋のところに始終監視役の組関係者が張っているからさ。俺と同じ立場だったら、あんただって同じことをしたはずさ」

　溝口が真っ赤に充血した目を見開き、潤一郎を見返していた。溝口はゆっくりソファーから立ち上がると、両手で長めの髪をかきあげ、自分の執務デスクに向かった。ノートパソコンのキーボードを数回叩いた溝口は、ＤＶＤを差し込み、データのロードを始めた。

　ＤＶＤがデータを読み込む間、ディスクが回転する音だけが社長室に響いた。一分後、溝口はＤＶＤを取り出し、乱暴に潤一郎に手渡した。

「今までの悪事を記録したデータだ。これを司法関係者のところに持っていけば、アンタの大事な会社は救われる……まだこの会社には、オタクの損害を償うくらいのキャッシュはあるからな」

「本当だな？」

「この期《ご》に及んで、人を騙す気力は残っていない」

　溝口は力なく答えると、再びフラフラと自身の執務デスクに歩を進めた。

　潤一郎は、デスクの前にかがんだ溝口を見た。手元に黒い物体をつかんでいた。潤一郎が口を開きかけたときだった。乾いた破裂音が部屋中に響いた。潤一郎はデスクに駆けより倒れかかった溝口をかろうじて受け止めた。しかし、三八口径から弾き出された弾丸は溝口の前頭部を貫通した直後だった。溝口は目を見開いたまま、潤一郎の腕の中で即死していた。こめかみからは、蛇口の壊れた水道のように弧を描きながら、血しぶきが上がり続けた。

「おい、しっかりしろ!!」

溝口は反応しなかった。見開いたままの両目からは、今まで瞳を覆っていた陰が消えていた。

12

「デカ女、あんたほんとに大丈夫?」

『新興ベンチャー社長、衝撃自殺の真相』、『闇の勢力、IT企業を侵食!』、『UEW、未曾有の危機脱出』——。デスクに放り出された週刊誌と夕刊紙の山を見つめ、ぼんやり口を開けたままの美奈子の横で、秋田英里がしきりに声を発した。

「もう少しで岩室温泉で同期会やれるじゃない」

「そうね。ゆっくり温泉に浸かって、一生分の蟹を食べるのもいいかもね……」

数少ない社内の親友、英里の気遣いがじんわりと染みた。

「転職した同期連中にも声をかけてみたの。そしたら、みんなあんたのこと心配していて、参加するってさ。ほら、二年前にシチズンバンクのカスタマーセンターに転職した経理の光子とか、外資系の携帯電話会社の広報マネージャーにヘッドハントされた紀江も来るって。当然、社内の女性同期は原則全員参加。だからトータルで一五人になるわね」

「うん、分かった。ありがとう。必ず出るから。英里、ほんとにありがとう」

「セラピーとか、心療内科には必ず行くんだよ、分かったデカ女？」

英里は大きな足音を立てながら販売局に戻って行った。

新聞と雑誌の山を見ながら、美奈子は溝口が突然自殺してからの出来事を振り返った。

あの日、溝口が即死した直後は麻布署の事情聴取が待っていた。美奈子と潤一郎を別々に聴取した捜査官は、二人の言い分に不合理がないことを確認、現場の状況も勘案して溝口の死を自殺と断定した。

その後は、西大后の株価操縦事件以降、沼島の足取りを追っていた捜二の東山から、再び下目黒の事務所に呼び出された。美奈子は東京商業データバンクの調査票と溝口が残したDVDを提示した。東山は以前の聴取での非礼を詫びるとともに、持参した資料に強い関心を示した。そして沼島に対し、近く任意での取り調べに踏み切る旨を内々に明かしてくれた。

容疑は金融商品取引法違反、そして不正アクセス禁止法違反だという。

その二日後、ＵＥＷが緊急会見を聞き、溝口、そしてサイバー・スペリオールとの間で何があったかを説明した。

溝口の遺言通り、サイバー・スペリオール社からの賠償金が入金され、ＵＥＷは資金繰りの窮地を脱して普段通りの興行に戻った。潤一郎は、旧友の浜田から紹介された身元の確かなネットコンテンツ業者とともに、再びネット中継とプロレス・ファンドの販売戦略を立て始めていた。そして携帯電話と電子定期券を使った新規の決済サービスも導入し、首都圏の興行で試験的な運用を始めていた。

美奈子はＵＥＷの情報を伝えたプロレス誌を一瞥した。そのとき、デスクの上で携帯電話が震え始めた。

〈おかげさまで、いろんなことにメドが立ってきたよ。今期シリーズ最終戦の後楽園ホール興行、観に来てほしいんだけど、時間は空いてるかな〉

「いいけど、面白いカードがあるの？」

〈あるよ！　『巽・試練の七番勝負』、メインのカードが繰り上がって、第四試合がタイタン佐伯戦って決まったんだよ！〉

「分かった。必ず行くから」

電話を切ったあと、美奈子はデスク上の週刊誌や夕刊紙をつかむと、傍らにあったゴミ箱に残らず放り込んだ。

美奈子は両手を伸ばして深呼吸した。視線の先に、ノートPCがあった。画面上にはメールソフトが映っている。今、この瞬間も沼島が自分を見ているかもしれなかった。だが、沼島は確実に包囲されている。このまま、やられたままでは気がすまない。

美奈子は手元のキーボードをたぐり寄せ、猛烈な勢いでメールを打ち始めた。

〈潤ちゃん　溝口氏から託された例のデータの件。直接会って話をしたいことがあります。一月中旬からUEWは富山を回って新潟に入る興行スケジュールだよね。その頃、会社の同期会を岩室温泉で開催します。合流してもらえないかな？　至急レスください。美奈子〉

メールを送信し終えた美奈子は、アドレス帳を取り出すと、東山警部の携帯番号を探し出した。

「東山さん、大和の菊田です。沼島の件でご相談したいことがあります」

13

「ねえ、英里、悪いけど、お刺身の盛り合わせの追加、それからズワイガニの塩ゆでも追加でオーダーしてもらえるかな」

「あんた、本当によく食べるわね」

南蛮エビの唐揚げ、バイ貝の煮付け、鴨の薫製――。朱塗りの小盆に盛りつけられた先付けはあっという間になくなり、里芋と湯葉の吸い物、ホウボウ、赤貝、マグロ、ブリトロが上品に盛りつけられたお造りも瞬く間に消えた。

岩室温泉郷の老舗料亭旅館・絹屋の二階大宴会場、「松陰」で開かれた大和新聞同期会は佳境を迎えつつあった。

宿の計らいで特別に供された地酒の一升瓶はたちまち三本が空になった。三〇過ぎの女ばかりが一五人集まった同期会は依然ペースを緩めず、会席料理として丁寧に供された食べ物が、早々に各々の胃袋に収まっていった。

富山県の高岡で昼間の興行を終えた潤一郎も特急と在来線を乗り継いで宴会に駆けつけ、新年会は盛り上がりをみせていた。外資系の銀行や携帯電話会社に転職した数人は、宴会場に小型ＰＣを持ち込み、数回メールのやりとりをしていたが、乾杯の音頭が終わるあたりで仕事に一区切りつけ、それぞれのＰＣを会場隅の小さなテーブルに放置していた。乾杯が終わってからは、三〇本の大瓶ビールが空になり、特大の皿に盛られたズワイガニの山も綺麗になくなった。しかし、座のにぎわいとは対照的に、美奈子と潤一郎は他のメンバーに悟られぬよう、密かに身構えていた。

「本当に沼島はここに来るの？」

「来る。絶対に来る。けど、もう遅いのよ。逮捕状が出ているわ。彼は私をメールソフトを通じて監視しているって自信があるから、溝口の残したデータを回収に来る」

「俺、正直なところ、怖いんだ」

「大丈夫よ。既に捜二と新潟県警の人たちがスタンバイしてる」

美奈子と潤一郎の密談が終わった直後、広間の襖が開いた。

「追加のお刺身でございます」

宿の番頭が大声を上げて広間の襖を開け、追加の皿を差し出した。

「あ、あの、菊田様……」

番頭の後に従ってきた女将が、美奈子の傍らに近づいた。

「先ほど、フロントにこちらの封筒が届けられました」

美奈子は女将から封筒を受け取り、無造作に封を切った。白い便箋には、細かく、そして几帳面な文字が綴られていた。

『お楽しみのところ申し訳ありませんが、二三時ちょうど、岩室病院先の源泉やぐらにいらしてください。　N』

タンブラーを持つ左手が小刻みに震え出した。揺れは次第に大きくなり、冷や酒の雫《しずく》が美奈子の浴衣の裾にかかり始めた。英里が近づいてきた。

「どうした？　デカ女。潤君も急におとなしくなったけど」

「ううん、何でもない。ちょっと潤ちゃんと親戚の人間に会ってくるから、あと三〇分くらいしたらちょっとだけ席を外すけど、ごめんね」

「二人とも風邪ひかないでね」

英里が不思議そうな表情で告げた。

14

『源泉やぐら湯まで六〇〇メートル』――。旅館の大広間を後にした美奈子と潤一郎は、厚手の半纏《はんてん》を羽織り、旅館街を弥彦温泉方向に向けて歩き出していた。街路灯下の気温表示板は「摂氏マイナス三度」だった。歩道は除雪が行き届いておらず、ゴム長の下からはシャリシャリと雪を踏み締める音のみが聞こえてくる。既に新潟県警の捜査員が一五人、歩道脇の茂みに配置されているはずだ。警視庁の東山警部も湯元近くで待機している。

「話が終わるまでは、絶対に捕捉しないでください」

手書きの手紙を受け取った美奈子が従業員控え室で待っていた東山に念を押したのは、この一点だけだった。

「万が一、あなた方に危険が及ぶような気配があれば、即座に捜査員たちに指示を出します。では気をつけて」

東山は美奈子の要求を受け入れ、小型のイヤホンと発信器を浴衣の下に忍ばせるよう指示を出した。美奈子は髪で、潤一郎は黒いニット帽をかぶり、それぞれイヤホンを隠した。

「新潟の冬ってこんなに寒かったかな」

「寒いのは、外気のせいだけじゃないと思うよ」

「本当に来るのかな。捜査員が待機しているって、彼は予想しているんじゃないかな」

「そうかもね。でも、来るよ。絶対に来るよ」

『源泉やぐらまであと五〇メートル』——。岩室病院の横を過ぎたあたりから街頭の灯りの数が徐々に減り、歩道の先からは間欠泉が吹き上がる音のみが聞こえた。

「一〇分に一回、五〇メートルの高さまでお湯が吹き上がるらしいよ。温度摂氏一〇〇度、間欠泉の口は三メートル四方、深さは八五〇メートルあるんだって……」

美奈子は緊張を和らげようと、先ほど温泉街のパンフレットで得た情報を告げた。

歩道脇の枯れた竹垣の奥で、人の動く気配がした。美奈子と潤一郎は音がした方を目で追った。と同時に、二人はその場に立ち尽くした。

〈何でもありません。捜査員です。そのまま進んでください〉

美奈子と潤一郎のイヤホンには、県警の捜査主任の低い声が響いた。二人は深くため息をつき、影が浮かび始めた間欠泉の囲いに視線を移した。

「行くわよ」

〈やぐらの周辺、県道も駐車場も異常なし……〉

〈歩道、やぐら入り口、現状通行人なし……〉

二人が温泉街から伸びたメインストリートを右折し、源泉やぐらまで一〇メートルに迫ったときから、ひっきりなしにイヤホンに捜査員たちの声が響き始めた。

「本当に来るのかな」

「来てもらわないと、私たち、自分たちの人生にけじめをつけられない」

美奈子は分厚い手袋に向かって息を吐き出した。多宝山の麓方向、県道と入浴施設のちょうど真ん中あたりに間欠泉のスポットがある。指定された時刻前に着いた二人は、源泉やぐらを背にする形で、間欠泉を見上げる場所に立った。

「今、一〇時五六分。あと四分」

〈マルヒの指定時刻まであと四分、注意怠るな。マルヒは身長一六五センチ、がっしり型、

左目の上に痣……〉
温泉施設脇のワゴン車に陣取り、暗視スコープで周囲を見回している主任の声が、一段と低くなった。
やぐらの湯の口では大粒の泡が現れ、間欠泉がしぶきを上げる気配を示し始めた。地上に埋め込まれたセンサーがしぶきの気配を察知し、ライトアップ用の照明が天上に向けて光を放った。一分後、間欠泉は小型ロケットが発射されるときのように、熱く、そして太い柱となって寒空に吹き上がった。

◆

〈歩道に男女二人連れ、両名ともに三〇歳代、男は身長一六〇センチから一七〇センチ、黒いロングのダッフルコート、野球帽着用、マルヒかは確認できず。女は手提げのビニール袋持参……〉

「来たのかな」

足踏みをしながら暖をとっていた潤一郎が美奈子に視線を向けた。

「二人連れでしょ、違うわよ……」

〈女は身長一五五センチ程度、小太り……。旅館の半纏姿……〉

美奈子は手袋をめくり、ブルガリに視線を落とした。時刻は一一時〇二分。

〈二人連れ、やぐら方向に向かっている……〉

「この寒さの中でやぐら見物って、酔狂な人もいるもんだ。それはそうと、沼島はいつ来るんだ？」

潤一郎は美奈子のブルガリをのぞき込んだあと、吹き上がり続ける間欠泉を見上げた。

〈二人連れ、あと一分程度でやぐらに到着。念のため、行確されたし……〉

「あの人たちのことね。夫婦にしては服装に統一感がないわね」

美奈子と潤一郎が立っている場所とは対角線上、五〇メートルほど先に二人連れの姿が見え始めた。イヤホンで報告された通り、男は野球帽を目深《まぶか》に被り、膝頭がすっぽりと隠れる黒いダッフルコート、女は分厚い半纏姿だった。

「あの半纏、絹屋旅館のモノだよ」

潤一郎が女に視線を向けたと同時に、美奈子が叫んだ。

「英里！」

対角線上の女が反射的に視線を送り返したとき、傍らの男が野球帽を取り、無造作に足元に放り出した。

〈左目上の痣、確認。マルヒ、発見！　同行者の女性、人質の可能性アリ。指示あるまで待機〉

暗視スコープ越しに監視を続けていた主任の低くくぐもった声が、二人の耳の中で響いた。

「沼島さん」

足踏みしていた潤一郎のステップが突然止まった。

高さ一メートルの鉄柵の向こう側から、再び小さな気泡が音を立て始めた。野球帽を脱ぎ捨てた沼島が、英里を伴ってゆっくりと柵の周りを通り、二人のもとに近づいてきた。

「本条さん、ご無沙汰。それに菊田金属のお嬢様、お久しぶりです」

沼島は深くおじぎをしたあと、二人の目を交互に見た。

「英里、怪我はない？」

英里は美奈子に視線を合わせぬまま、こくりと頷いた。

「沼島さん、今日はけじめをつけてもらいます」

意を決した潤一郎が大声を張り上げた。

「けじめ？　お坊ちゃんがそんな物騒な言葉を使うもんじゃない」

沼島が、低く、そしてゆっくりと言葉を発した。

「何で俺たちをこんな目に遭わせたんだ」

「その言葉、そっくり二人に返すよ」

「なぜ、あんなことしたの？　どうして私たちを巻き込んだの？」

「俺は虫ケラ、いや蚊みたいな存在だ。血を吸っているのを見られたら、たちまちつぶされちまう。でもな、たった一匹でも夜中じゅう飛び回っていたら、あんたらは眠れなくなるだろう。俺は血を吸い続ける蚊なんだよ」

「だからって、英里まで人質にとって、卑怯よ。日の出新聞の記者まで手なずけて……。それに、世話になった浪越の高橋社長を貶めたり、橋爪さんでしたっけ？　東伏見専売所の専従さん、それに直美ママにまで手をかけて」

ゆっくりと間隔を詰めてくる沼島に対し、美奈子は大声を張り上げて抗弁した。

「日の出の記者か。アイツ、正義漢面する割に、ギャンブルが大好きでさ、街金の返済を肩代わりしてやったら、ホイホイ犬みたいにしっぽ振ってくれたよ。高橋社長？　人の女に色目を使うから、ああいうことになる」

沼島は目を見開き、美奈子を見据えていた。間欠泉が湧き出る気配を察知したセンサーが、ライトを灯し始め、沼島の横顔を照らした。顎を引き、口元を歪めた沼島の顔に黒い影ができた。

「直美ママは、真剣にあなたのことを考えていた」

一、二歩後ずさりしながら、潤一郎が言った。
「俺はおしゃべりな奴が嫌いでね」

〈絶対に刺激しないでください。人質がいます〉

美奈子がイヤホンの声に反応したとき、沼島が右手を差し出した。

「データを渡してもらおうか。俺は一人じゃない」

沼島は下を向いている英里に視線を向けたあと、再度右手を差し出した。美奈子は、小物入れからＤＶＤを取り出し、沼島に手渡した。

「ありがとう、お嬢様」

沼島はゆっくりとディスクを受け取った。

〈データ受け渡し確認。これからマルヒに隙が出てくる。慎重に捕捉だ〉

二人の耳に主任の低い声が響いた直後だった。沼島は英里の手元からビニールバッグをひったくると、中から拳大の白い塊を取り出した。

「何だか分かるかい、お二人さん？」

口元を歪めた沼島は、塊をやぐらの湯に投げ入れた。今までボコ、ボコと五秒程度の間隔で音を立てていた湯が、ボコボコボコと連続して泡を立て始めた。

「石鹸だよ。見物《みもの》だぜ」

沼島はビニールバッグの口をすばやく縛り上げると、包みを湯口に放り投げた。連続音の間隔がさらに詰まり、水蒸気の柱が立ち始めた。一〇秒後、地響きのような低音が柵の周囲から聞こえ出した。

「石鹸だよ。やぐらの湯、一〇〇メートルは吹き上がるぜ」

〈源泉やぐらの湯、様子がおかしい。退避準備……〉

主任の声が震え始めた。

「俺もオボジのように溶けてやるよ」

沼島はダッフルコートのポケットにディスクを放り込むと、鉄柵に向けて走りだした。

〈マルヒ、源泉に走りました〉

美奈子は潤一郎の腕をつかんだまま、その場に根が生えたように固まった。

鉄柵を軽々とジャンプした沼島は、もうもうと立ち上る水蒸気の壁に突き進んだ。次の瞬間、ライトアップされた光の中に薄らと浮かんでいた人影が消え、大きな水音が響き渡った。

「全員、緊急退避しろ！　水蒸気爆発が起こるぞ！」

イヤホン越しではなく、茂みの中から主任の怒号が轟いた。潤一郎が英里を左肩に抱え上げ、美奈子の左手を力強くつかんでいた。

「逃げないと熱湯の雨が降ってくる。早く、美奈ネエ」

花火を打ち上げたあとのような音が響き、今までとは比べものにならないほど太い水蒸気が一回、吹き上がった。

「後ろを見るな！　とにかく走るんだ」

美奈子は手をつかまれたまま、走り続けた。二〇メートルほど走ったところで爆発音があたりに響き渡り、バラバラと滝のような熱湯が降り注ぎ始めた。

15

旅館に戻った三人は、東山警部と向かい合った。

「英里、大丈夫だった？　怪我はない？　火傷は？」

頷くだけで、英里は口を開かなかった。

「警部、沼島の死体は？」

「鑑識が総動員で調べていますが、何も出ていません。あそこの源泉の深さは八〇〇メートル以上だ。あそこに飛び込んだ時点で、ほぼ即死でしょう。それより、今回の件は一切、口外無用でお願いします。上の方から、これってことになりましてね」

東山は右手の人指し指を自らの唇の前にかざした。ベテラン警部は周囲を見回し、声を潜めた。

「警視庁と県警の上層部で責任のなすりつけあいが起こりましてね。沼島の一件はフタをすることになりそうです」

「組織の論理ですか」

美奈子の言葉に東山が頷いた。

「石鹼のことは調べましたか？」

潤一郎の問いに、東山は顔を上げた。

「アイスランドや米国では、石鹼を入れて間欠泉の高さや大きさをコントロールし、客に見せるツアーがあるようです。石鹼でお湯の成分や濃度が不安定になり、それが大規模な水蒸気爆発を誘発させるそうです。万に一つも奴が生きていることはないでしょう」

「では、株価操縦事件や一連のネット犯罪は、黒幕となる容疑者がいないまま？」

美奈子は眉間に皺を寄せ、東山を見返した。

「残念ですが周辺のプログラマーや、上がりを吸い取っていたマル暴を何人かしょっぴいて幕引き、ですね。でも、溝口の残したデータがあったから、全くの無駄ってわけじゃありませんよ。ただ、沼島本人の口から詳細を聞き出したかったのは事実ですがね」

東山は俯いたまま緑茶をすすった。

「くれぐれも今回の一件はご内密に」

茶碗を置いた東山は、大広間を横切り、三人の前から姿を消した。

「潤ちゃん、英里を部屋に」

こくりと頷いた英里は、先に立ち上がった潤一郎の傍らに寄り添い、とぼとぼと大広間を出ていった。

がらんとした大広間で、沼島の声が響いたような気がした。

〈俺は血を吸い続ける蚊なんだよ〉

沼島は自らを蚊にたとえた。たった一人の金融ブローカーに日本中がかき回された。強烈な毒を持ったまま、沼島は消えた。しかし、射るような視線の記憶は、一生残り続けるだろう。美奈子は強く頭を振った。鈍く光を放つ沼島の目は、美奈子の中から出ていかなかった。

16

一睡もできなかった二人は、朝食前に小学生のころ遠足に出かけた弥彦山の山頂に出向くことを決めた。宿の主人から車を借り受けた潤一郎は、宿の裏手駐車場から温泉街を抜け、弥彦山スカイラインに向かった。

「この時期にしては、珍しく晴れてるね」

「でも、多宝山の向こう側、海の方はもう曇っているから、山の上では吹雪《ふぶき》になるかもね」

車幅の広いRV車が、二車線をまたぐ形で峠を登った。

「だいろ坂かあ。かたつむりの殻みたいに曲がりくねっているってことだ」

Rのきついカーブの連続で、せわしなくステアリングを切りながら、潤一郎がつぶやいた。

美奈子は昔の遠足の記憶をたどり、眼前の林を見つめた。一台の対向車に出会うこともなく、車は多宝山の稜線下を抜け、標高六〇〇メートル強の弥彦山との境にたどり着いた。野積海岸からは、突風に煽られたガスが立ち上り、枯れた下草を根元から吹き上げている。同時に、小粒の雪がフロントガラスを叩き出した。

「ほらね、やっぱり海側から雪が吹き上げてきた」

「美奈ネエ、見なよ、ほら」

山頂近くの展望台では、野積側の海岸線と越後平野を同時に見渡せる。潤一郎は駐車場に停車し、陽が上り始めた越後平野側を指さした。潤一郎が座っている運転席側は海岸から吹き上がった風と雪が容赦なくウィンドウを叩いているが、美奈子の座っている助手席側は日の出とともに薄明かりがさしている。

「いつ見ても越後平野って広いよ。燕の町並みも一望できる」

「あれ、三宝の煙だ」

目をこらしていた潤一郎が、平野の一点を指し示した。燕市の外れ、工場団地に小型の工場がびっしりと立ち並ぶ中、三宝金属の巨大な工場のシルエットが浮かんでいた。二四時間溶鉱炉の火を落とすことがないため、工場脇の巨大な煙突からは黒い煙が立ち上り続けている。

「あの煙が、いろんな人の人生を変えちゃったってことだよね」

「うん、間違いないわね」

突風が吹きつけ、車体を揺すり続けた。二人はしばらく三宝金属の煙突から立ち上る一筋の煙を見続けた。

17

『巽選手、コーナーポスト最上段に上ったア！　リング中央のタイタン佐伯がヨロヨロと立ち上がる……巽、タイタン佐伯を見据える、飛ぶか、飛ぶか……。飛んだアー！　ダイビング・ボディプレスだ』

後楽園ホール南側、リングサイド最前列の右端。美奈子はこの日のセミファイナル、『巽・試練の七番勝負』に釘付けとなっていた。英里の横には、日本橋テレビの中継スタッフが陣取り、アナウンサーが巽の動きを逐一追い、文字通り絶叫していた。

『二〇分経過、二〇分経過!』

本部席のリングアナウンサーが鼻にかかった声で、時間を告げた。試練の七番勝負、残りはあと一〇分となった。

リング上では、巽がタイタン佐伯を抱え上げ、超高速のバックドロップを見舞っていた。グロッキー気味のタイタン佐伯を再び抱え上げ、リング中央に叩き付けた。タイタン佐伯は半分白目をむいてマットに沈み込んだ。すかさず巽がカバーに入り、レフリーのコンドル八田がカウントを始めた。

「ワン、ツー、スリー!」

リング下の二人だけでなく、会場全体からどよめきが上がった。

「やったあ! あすの大和スポーツ、バトル面は巽一色だ!」

美奈子はその場に立ち上がって手を叩いた。

巽は四隅のコーナーにそれぞれ駆け上り、人指し指を高く揚げて観客をさらに煽っている。

「デカ女、ちょっと出ようか。巽選手の活躍を見たら、胸がいっぱいになっちゃった。それに話したいこともあるし」

「え、英里どうしたの？　メインイベントまで観て行こうよ」

「真面目な話があるの、いいでしょ」

黄色い声援を送っていたときとは対照的に、英里は冷めた目で美奈子を見上げた。

「どこかでビールでも飲んで行こうか」

英里は、コートと小さなハンドバッグをつかむと、放送席の後ろ側をすばやく通り過ぎ、通路に向かった。

「待ってよ、英里」

ロングコートを抱えた美奈子は、中継用の太いケーブルに足をとられ、よろけながら通路に出た。

「ハイハイ、メインイベントまだ間に合うよ！　急いで入場してください」

受付ロビーには、前座の試合を終えたボンゴ鈴木がジャージを羽織り、エレベーターを降りた入場者たちを誘導していた。

「ファンクラブ会員の専用カウンターでしたら、携帯電話か電子定期券でそのまま入場できます！　こっちの方が早く入場できますよ」

エレベーターホールには、ようやく残業から解放されたサラリーマンたちが三〇人ほど入場できずに団子状態となっていた。ボンゴ鈴木の案内を聞いた一〇人ほどが胸ポケットから携帯電話を取り出し、次々にドア脇に設置された自動改札機に吸い込まれていった。電子音が響くと、男たちが次々に会場入りした。

「デカ女、こっちよ！」

英里は出口専用のカウンターを抜け、ホール脇で美奈子を待っていた。

18

「会社辞めることにしたから」

戦隊モノの特別公演が終わった直後の東京ドームシティは、幼児と付き添いの親たちで溢れかえっていた。

「何て言ったの？」

レンジャーたちの活躍に酔いしれた幼児たちは、それぞれのお気に入りレンジャーの決めポーズを作りながら、歓声を上げ続けていた。英里の言った〝真面目な話〟をゆっくり聞ける環境にはない。

「だから、会社辞める。あんたと会うのも、これが最後になると思うから」

「どうして？」

「ちょっと、歩こうか」

英里は東京ドーム方向に歩き出した。

東京ドームからは、ヒップホップ系のタテノリのリズム音がこぼれ出している。後楽園ホールと同様、チケットレスカウンターが設けられ、数人のＯＬが携帯電話や電子定期券をかざしながら、スムーズに入場していく。

「会社辞めるって、ウソでしょ」

「あたし、日本が嫌になったの。子供とダンナの祖国に行くわ」

突然歩みを止めた英里が振り返り、美奈子を見上げた。

「やっぱりあのときの精神的なダメージが残ってるのよ。辞めるなんて言わないで」

「日本が嫌なのよ！」

英里の表情には、一点の曇りもなかった。依然、美奈子を強い視線で見上げ続けている。

「どういうことよ」

英里が一瞬だけ口元を歪めて微笑んだ。

「あんた、やっぱり鈍いよ。記者には向いてない」

「意味分かんない。いったい何なの、英里。何が言いたいの？」

「あ、やっぱりボンゴさんが言った通り、二人とも会場を出てたんだ！　後で控え室に来てくれると思っていたのに、どうしたんだよ美奈ネエ！」

ＵＥＷのロゴが入ったジャージを羽織り、潤一郎が二人のもとに駆け込んできた。

「潤ちゃん！　さっきから、英里が変なことばっかり言ってるの」

英里は二人を交互に見上げ、また口元を歪ませながら笑った。

通りすがりのサラリーマンたちが、三人のやりとりを横目で見ながら通り過ぎていく。

「あんたたち、隙だらけよ」

ちょうど後楽園遊園地から放たれたレーザー光線が英里の目元をかすめ、丸顔に陰影がついた。

直後、いきなり英里が東京メトロの後楽園駅方向に向けて走り始めた。

「待ちなさいよ！」

美奈子と潤一郎は、五メートル先の英里を懸命に追った。英里は歩道橋の手前の階段を猛スピードのまま駆け下りた。

「英里、待って！」

東京ドームの駐車場脇に達した英里は、足を止めず、小石川後楽園脇の歩道まで達していた。

「あ！　あの車……」

潤一郎が歩道脇に止められたハザードランプを灯した一台の黒い車を指している。

「車って何？」

「あそこに、黒いジャガー、XJRが止まってる……あの車」

「あ！」

英里がXJRの横にたどり着いたとき、助手席のドアが突然開いた。車内からは、力強くリズムを刻むギターのリフが聞こえたあと、U2のサビメロが大音量で流れ出した。ボノがハローハローと絶叫している。

英里はガードレールを飛び越えると、XJRに飛び乗った。

XJRは、タイヤから白煙を立ち上らせながら猛然と発進した。東京労働局の交差点を過ぎ、牛天神下のT字路を右折したXJRは、闇に吸い込まれていった。

エピローグ

1

「……ですから、国としては、被害者への補償を直ちに開始したいのはやまやまなのですが、被害状況の把握ができていないうえに、予算的な裏付けが一切できていない段階でありまして、早々に回答をお示しするのが難しいのが現状であります。非接触型の決済端末については、カード大手各社の大元の制御システムに外部から何者かが侵入した形跡があった、あるいは、首都圏の大規模ターミナル駅の改札付近に、正体不明の発信器らしきものが取り付けてあったとの情報が入っておりますが、未だ全容を把握するには至っておりません」

いつも自信たっぷりに記者団を見渡す武田平吉総務相だったが、この日は事務方が用意した想定問答から一回も目を離さず、質問に答えた。

「答えになっていませんよ。一人当たり一〇〇円とはいえ、被害者は自己申告ベースで一五

○○万人に上っています。これ以上被害が拡大しないという保証はあるんですか？」
だめ押しするように、美奈子が会見室の一番前の席から質問を浴びせた。

「そもそも、今回の事例につきましては、所轄官庁の許認事項がいくつかの省庁をまたいでおりまして、その調整を進めてから、被害者への補償の方策を考えていく、というのが今朝の閣議で確認した基本事項であります」

「大臣、被害者は泣き寝入りしろってことですか？　そうとってもよろしいですか？」

「とんでもない。責任の所在がはっきりしない段階で、軽々しく補償のお話をするわけにはいかないと申し上げているのでありまして」

先の火曜日、定例閣議のあとの総務相会見は荒れた。もとより、この日午前八時から開かれた閣議後の閣僚懇談会は、定例会見以上に荒れた。武田総務相が会見で触れたように、非接触型決済を所管する官庁の利害が複雑に絡みあい、責任転嫁合戦が繰り広げられたためだ。

会見後、美奈子は政治部から回ってきたメモを読んだ。官邸記者クラブでまとめたやりとりは、政治家の狼狽ぶりを端的に表していた。

閣僚懇談会ではまず、クレジット各社を管轄する経済産業相が発言を求め、経済産業省は導入に否定的だったと早々に言明した。

メガバンク所管の金融担当相も、カード事業を監督したことがないとして、知らぬ存ぜぬのスタンスを貫いた。また、電子定期券とクレジットカード機能の融合サービスを鉄道各社に認めた国土交通相も、利便性向上のため、他省庁の動きを追認しただけだとの姿勢を打ち出した。利便性向上というかけ声とは裏腹に、統一フォーマットに乗った決済が狙いうちにされた。結局、〝丸投げ〟総理こと、大沼曾太郎首相の鶴の一声で、大勢は決まった。

「当初、非接触型決済サービスの規格が複数に分かれていたのを、一本化するように経済財政諮問会議で積極的に旗を振ったのは、武田君でしょ。尻拭いも武田君と総務省が責任を持ってやってよ」

落胆する武田を、財務相や外務相が冷ややかな視線で見つめていた。

メモに最後尾には、政治部記者の生々しい記述があった。

2

「まだか？　朝刊最終版の締め切り、あと一時間だぞ。総合面向けの大原稿なんだから、早いとこ、頼むぞ」

大和新聞本社編集局の大部屋に、朝刊担当デスクの怒鳴り声が響いた。

「新しい要素が入ったんです、紙面、あと三〇行分、取れますか？」

「整理部からどやされるぞ。本当に面白いネタが入ったのか」

「面白いと言うよりも、怖いネタです」

美奈子はようやく大和経済研究所から脱出し、経済部に復帰した。ポストは新設されたネット関連ビジネス担当だ。様々な業界を横断する業務となるため、記者クラブには所属せず、経済部の片隅に机とPC四台、そして兜記者クラブから引き抜いたアルバイトの川本だけが戦力の弱小部隊だった。しかし、様々な業界に取材に出向けることになり、美奈子は新設されたポストに満足していた。朝刊締め切り間際、武田総務相の会見と業界の反応を解説記事にまとめていた美奈子のもとに、四五分前にソウル支局から不穏な情報がもたらされた。

「川本君、ソウル支局からファクスされてきた韓国中央通信の記事、外報部にリードだけ翻訳してもらってきて」

「了解です」

美奈子は手元のキーボードと資料に見入っていた。

韓国のＩＣカードはK-CASH。金融決済院が推進して韓国の全銀行とカード会社がカードを発行していた。

「菊田さん、翻訳してもらいましたよ。今から読み上げますね。『ソウルの地下鉄やバス、食品スーパーの利用者の間で、クレジット決済時に実際の利用金額よりも上乗せした金額が請求されるケースが頻発している。上乗せ額は一〇〇〇から二〇〇〇ウォン、日本円で約一〇〇円から二〇〇円と小額だが、既に五〇〇〇人の利用者がカード会社に問い合わせを始めている』です」

「これで、他社と全く違う観点から記事が書ける」

美奈子は外報部デスクの手書きメモを凝視した。キーボードを引き寄せると、猛烈な勢いで記事の修正を始めた。

「『韓国でも被害急拡大の兆し』が主見出しだな。もう日本だけの問題じゃない」

それから一五分間、美奈子はリードを差し替え、解説のトーンも変えた。実質的な全面差し替えだ。

「菊田、間に合うか？　リードだけでもよこせ！」

朝刊担当デスクが、大声を上げた。

「あと二分！」

大和新聞朝刊の総合面用一二〇行の解説記事を、美奈子は二〇分程度でほぼすべて差し替えた。経済部デスクと整理部に同時に原稿を送り終えた美奈子は、手元のプリンターから吐き出されたゲラに見入った。

「はい、お疲れでした」

川本が缶ビールをタイミングよく美奈子の眼前に差し出した。勢いよくプルトップを引くと、美奈子は一気に半分ほど流し込んだ。

「沼島は向こうに渡ったってことなのかな」

ビールを飲みながら、美奈子は考えた。日本だけでなく、韓国、ひいては世界中に被害が拡大したらどうなるか。ＩＴ社会の盲点を突く犯罪が急拡大しようとしている。東山警部には、依然、沼島が生存している可能性があると説明した。

東山自身は美奈子の話に聞き入ってくれた。しかし捜査関係者の中では、〝処理済み〟の案件であり、自分の一存で再捜査は無理だと告げられた。

「今月の社報、ここに置きますよ」

川本がタブロイドサイズの社報を美奈子のデスクに置き、編集局の奥に消えた。

美奈子は社報を手に取った。相変わらず「スクープで部数回復」とのお題目が載っていた。ページを繰ると、地方支局の名物嘱託記者のコラムの下に、「人事」の欄があった。

海外支局に赴任した記者、営業担当者の名前の後に、「退職」の文字があった。その横には、英里の顔写真が載っていた。「政治部首相番→販売局首都圏担当」の経歴とともに、「一身上の都合」と添えられていた。

社報をデスクに置いた美奈子は、一カ月前の夜を思い起こした。

英里は突然、会社を辞めると言った。また、日本が嫌になり、子供とともに旦那の祖国に行くとも告げた。

美奈子は、デスクの引き出しを開けると、クリアファイルを取り出した。ページを繰ると、同期で出かけた旅行の写真のほかに、英里の結婚式の記念写真が見えた。出産前、首相官邸で小悪魔の異名を取った英里の笑顔があった。

「旦那の祖国……」

美奈子は、記念写真とともにファイルに入っていた案内状を取り出した。

『新郎・秋田光輝《こうき》』

美奈子は来賓の欄に目をやった。

『脇坂博文衆議院議員』

二年前、首吊り自殺した代議士の名を見た瞬間、美奈子は肩を強張らせた。

「生きてる……沼島は絶対に生きてる」

美奈子は、周囲の目を気にせず、立ち上がった。

故・脇坂の名に触れた瞬間、一カ月前の英里の言葉の謎が解けた。美奈子はデスクの上の携帯電話をつかむと、潤一郎のメモリを押した。

「生きてるのよ」

〈こんな時間になに？〉

「沼島は生きてる！　この前見たジャガーは、絶対に沼島よ」

〈本当なの？〉

起き抜けだった潤一郎の声が変わった。

「英里の旦那さんがキーよ」

美奈子は、浪越の高橋社長の言葉を潤一郎に告げた。

高橋は主宰する「起業家倶楽部」の運営に際し、脇坂代議士を顧問に迎え入れていた。この間、高橋の秘書的な立場だった沼島が同じ在日コリアンという経歴で代議士と親交を深めた。

〈そうか、英里さんの旦那さんはそのとき、沼島とつながったわけだ〉

自分の言葉に、美奈子は再び肩を強張らせた。沼島、そして秋田光輝という男を経由する形で、英里は自分と潤一郎の行動をつぶさに監視していた。

本社の屋上で再会したとき、そして東伏見の専売所を訪ねたときも、沼島が用意したシナリオに沿って、英里は美奈子を誘導したのだ。

〈美奈子ネエ、聞いてる？〉

「うん」

肩の強張りが背中に伝わり、薄気味悪い悪寒に変わった。

美奈子は、原田というセキュリティーのプロの力を得て、沼島を排除したつもりだった。逆に、パソコン内部に残っていた不正ソフトを使って沼島をおびき出し、警察に委ねようとした。

だが、一連の行動は、すべて英里を通じて沼島に伝わっていたのだ。掌の上で踊らされていたのは、美奈子だった。

「英里が監視していたとしたら、すべて辻褄が合うのよ」

美奈子が導き出した結論を告げると、電話口で潤一郎も口を閉ざした。

〈俺たち、仕返しされるのかな？〉

「分からない」

美奈子は乱暴に電話を切った。

別れ際、英里は鈍いとなじった。英里なりに、全容を伝える意図があったのではないか。あるいは、沼島がそうするように仕向けたのではないか。

美奈子は、力なく椅子に座り込んだ。

「菊田さん、仕事のしすぎですよ」

川本がデスク脇に立っていた。

「そうね」

川本は新しいビール缶をデスクに置いた。

「気分転換に映画でもどうですか？　これ、面白かったんですよ」

川本は映画のパンフレットを美奈子の前に置いた。ハリウッドの最新アクション映画だった。

「ありがとう。近いうちに行くわ」

美奈子はページを繰った。ベテラン俳優がはみ出し刑事に扮し、ギャングと対決するというお決まりのストーリーだった。

美奈子はあらすじのページを斜め読みしたあと、日本の配給会社が記したコラムに目をやった。

『ハリウッドの最先端技術の粋を集めた特殊効果』

刑事の拳銃から発射された弾丸をコマ撮りする特殊カメラの技術、大量の火薬を使ったスタントシーンの解説が載っていた。

美奈子は肩の力を抜き、ページをめくった。

『耐熱スーツでスタントマンも安全に』

見出しで美奈子は目を留めた。

『ハリウッドの特殊潜水スーツを製作していたプロダクションは、爆発シーン、あるいは戦闘シーンでスタントマンの安全を確保するため、ウレタンを独自技術で加工し、一〇〇〇度まで耐えうるスーツを創り出し……』

パンフレットを持つ手が震え出した。美奈子はもう一度、コラムを凝視した。ページ下に、全身火だるまになって駆け回る男の連続写真が載っていた。

「岩室の源泉やぐらの温度は一〇〇度そこそこだった」

突然、美奈子の脳裏にパソコンのスクリーン画像が浮かび上がった。UEWを陥れたコンピュータ・ウイルス、「双子の悪魔」の複雑な数式を映した画面だった。

偽装されたミラーサイトに顧客を誘導し、狡猾に欺くウイルスだ。なぜ沼島がこの違法なソフトにこだわり、今も犯行を続けているのか。事件の全容を把握した今、美奈子にはその理由がわかったような気がした。

沼島は優秀な頭脳を持ち、抜群の行動力を備えた人間だ。しかし、日本国籍を持たないという一点だけで、美奈子や潤一郎がたどってきた当たり前の軌跡を歩むことを拒否された。

本物のサイトの裏側に潜むミラーサイトに、沼島は自身の人生を重ね合わせたのではないか。

人々や企業、あるいは国家までもが抱く傲慢な感情や邪悪な欲望を、そして自分の人生を狂わせたすべての因縁を、沼島は社会の裏側に潜ませたミラーサイトに凝縮させた。

太田が見せてくれた沼島家のスナップには、屈託のない笑顔を浮かべた少年が写っていた。だが、国籍という仕組みだけで、あの笑顔が冷徹な瞳に変質したのだ。自身が同じような境遇にいたらどうか。頭の中で複雑な数式がなんども点滅した。

「双子の悪魔」というウイルスは数字の羅列ではなく、人間のエゴを映したもののように思えてきた。美奈子は身震いした。

3

仁川国際空港に降り立った潤一郎は、アディダスのスポーツバッグを背負い、空港前のタクシー乗り場に向かった。ヒュンダイの模範タクシーをつかまえた潤一郎は、スポーツバッグを荷台に放り込み、運転手に目的地を告げた。

「アンニョンハセヨ、カンナム、アミーガホテル」

中年の運転手は無愛想に頷いたのみで、言葉を返してこない。

サングラスをかけた運転手は、ＦＭから流れる韓国演歌に合わせて小声で歌うのみで、一回も潤一郎とコミニュケーションを図ろうとしなかった。

サイバー・スペリオール絡みのトラブルのあとは、非接触型サービスの混乱があった。UEWは二度も犯罪に巻き込まれた。会員費の上乗せ請求時には、信用失墜とともに会社の存亡が危ぶまれた。しかし、二度目のトラブル時には、UEWだけでなく、鉄道各社や流通各社にも被害が拡大した。不幸中の幸いで、一プロレス団体であるUEWの存在は目立たなかった。潤一郎と銭谷部長の判断で、ファン会員と入場者に見舞金と払い戻しを終えた。

初夏、潤一郎は、UEWとしては初めての韓国興行の下見のため、ソウルに来ていた。ネットを通じてUEWの中継を見た韓国のプロモーターが熱心に招致に動き、潤一郎は先兵の役割を果たすためにソウルに来た。カンナムのホテルでプロモーターと合流し、現地のプロレス興行の視察に赴く。

潤一郎は、窓から外の風景を見渡した。新空港建設に合わせて急造された高速道路脇には、故郷の燕市と同じように、民家が軒を連ね、スーパーマーケットや、昔ながらの雑貨屋が見える。

潤一郎が乗ったヒュンダイは、時速九〇キロ程度で追い越し車線をのろのろと走っていた。

仁川の干潟脇を通り過ぎたタクシーは、ソウル市の入り口付近で名物の大渋滞につかまった。

少しでも空いた車線に乗ろうと、タクシーの両脇から強引にセダンやトラックのノーズが突っ込んできた。潤一郎のヒュンダイも、容赦なく他の車線に割り込む。割り込まれた側の運転手が窓を開けて抗議してくる。しかし、中年のタクシードライバーは一切動じず、涼しい顔で演歌を口ずさんでいる。

やがて市内のジャンクションに到達したとき、左隣の車線にベントレーのコンチネンタルGT、そしてその後ろにジャガーが並んだ。潤一郎は、もう一度振り返った。新しいタイプのXJRだった。

『彼は、日本人を憎んでいる。同じように、彼は韓国人も大嫌いよ』——。〝自殺した〟直美の言葉が潤一郎の脳裏に蘇った。

やがてベントレーが動き出し、XJRがヒュンダイの真横についた。潤一郎は窓を全開にしてジャガーをのぞき込んだ。

黒いシールド加工が全面に施されているため、運転席をうかがうことはできない。しかし、チルトアップされた屋根からは、煙草の煙が漏れている。耳をこらすと、キーボードがオルゴールのような音色を奏でている。

「これ、誰の曲だ？」

容赦なく鳴らされ続けるクラクションの音、そしてけたたましい排気音を響かせるバイクの一団に遮られ、ボーカルを聞き分けることができない。潤一郎は顔を出し、耳を澄ました。やがてバイクの一団が走り去ったあと、XJRのサンルーフが一段階広がった。

バラード調だったメロディーがアップテンポに変わった。鋭いギターの音色とともに、強烈なシャウトが聞こえた。

「ボノだ、U2だ」

潤一郎が叫んだ瞬間、XJRのサンルーフが閉まった。同時にXJRはけたたましくクラクションを鳴らしたあと、もう一本左の車線に割り込み、高速道路の路肩に抜け出た。その後、後輪から白煙を巻き上げ、カンナムとは逆方向の江北地区に走り去った。

解説

中沢孝夫

伏線の張り方が綿密で見事な小説である。最後まで読んで、もう一度「プロローグ・構図《アングル》」を振り返ると、本書の本質的な部分の全てが描かれていることが理解できる。そこには人間が抜け出すことのできない原体験が描かれている。それは格差であり、死であり、憎しみであり、そして人間には「自分のことはわからない」という事実である。

主人公の菊田美奈子にしてみれば、自分が恨みや憎しみの対象となる心当たりはないにきまっている。しかし十二歳の美奈子と七歳の本条潤一郎がＶＩＰとしてプロレスに招かれている時、親が電炉の溶鉄に飲み込まれ死んだばかりの、高校を中退した沼島直樹は、同じ場所で「さっさと運んじまえよ」と怒鳴られるアルバイトの立場だった。しかも美奈子の母親の冷たさを味わった直後である。「この差はなんだ。俺が何か悪いことをしたのか」と唸《うな》った沼島にとって「復讐」の動機はそれだけで充分である。

本書の面白さの一つは、人物像にある。作者の人間を造形する力がすばらしいのだ。特にわずかな台詞《せりふ》しかない沼島直樹の「冷たさ」の描き方が際立っている。沼島だけではない。「沼島が用意したシナリオに沿って、美奈子を誘導した」同期入社の秋田英里も同様である。秋田英里の「案内」する、販売所の実態は、やはり美奈子の知らない世界だった。秋田英里のずけずけしたものいいが小気味よいのだ。美奈子は新聞はスクープで売れると思っていたし、それゆえ「ネタ」のことばかり考えていた。英里にとってはそれはあまりに純朴すぎることだった。

英里に導かれて、美奈子はかつて大和新聞の販売店で働いていた「伝説の販売員・沼島」の過去を追う。しかし沼島の過去を追跡することは、そのまま自分の（気がついていなかった）過去を知る作業でもあった。「新聞はエリートが書いてヤクザが売る」と言われているが、沼島の働いていた販売所の実態は、お嬢さん育ちの美奈子には「めまいを覚え」るほど惨憺《さんたん》たるものだった。

美奈子の実家・菊田金属工業常務・太田信之が沼島の過去を案内しながら説明する人物論が秀逸だ。「あのな、お嬢。俺らと奥様やお嬢、住んでる属性が違うんだ」。それは「本条さんとこの潤ちゃん」も同じである。太田は沼島の憤怒の世界を知っている。美奈子と同様に、本条潤一郎が属するプロレス団体ＵＥＷも標的になったのは、潤一郎が「知らない」が故であった。

沼島に罪はなくとも罰があったのと同様に、美奈子にも潤一郎にも罰が振り分けられたのだ。いや、沼島の逃れようのない、出自そのものに罪が着せられたのと同様に、知らなかった（気づかなかった）ことが美奈子たちの罪だったのかもしれない。罰ならば罪のある美奈子の親に与えられるべきなのに、なんと理不尽・不条理なことだろう。しかし筆者（中沢）は思う。著者が描きたかったことの一つに人間の持つ不条理がある、と。

またもう一つの本書の面白さは細部の徹底性に支えられているところにもある。実にリアルなのだ。例えば、最初に東京証券取引所の兜町記者クラブが描かれる。「主要な新聞や通信社、テレビ局の経済担当記者が常時八〇人近く詰めている一大取材拠点」である。そこには企業の役員人事から新商品の発表など株価に影響があると思われる多くの情報が集まる。その膨大な資料と記者会見などのため、クラブに詰めているメディアは毎月持ち回りで幹事役を担っている。

この記述は事実である。東証の三階にあり、おそらく日本で最大の記者クラブが「兜クラブ」である。その兜クラブで主人公の菊田美奈子が勤める大和新聞が幹事役のときに、株価操縦事件がスタートする。すでに本書を読んでいる読者には、「西大后株」の推移の説明は不要だろう。

「幹事月になると、先輩記者は何かと用事を作ってクラブを空ける」とある。

この職場風景もまたほとんど事実である。先輩たちはかつて自分が苦労した役回りを今度は後輩にさせるのだ。それは単に嫌でめんどうな仕事は避けたいということだけではなく、仕事を覚えるには面倒なことをたくさん経験させる必要がある、という側面もあるからだ。ビジネスパーソンなら誰しも覚えがあるだろう。人は面倒で嫌な仕事に取り組むことによって成長するものなのだ。経済学の教科書にはこういうことはあまり書かれていないが、職場の現実がこのようなものであることは、読者はみな納得するだろう。

またネット取引に関する説明も同様だ。「信用取引の手数料引き下げ合戦が各社で繰り広げられている」結果、個人投資家の口座数が激増している。マル暴と組んだ新興ブローカーは「街金から金を摘んで首が回らない連中をみつけてきて、目の前に一〇〇万円の束をぶら下げる」。彼らから個人情報を買い取る名義料である。その名義を使い、信用取引に必要な委託保証金をネット証券に振り込んだのちに、巨額な信用買いをすることによって株価を動かす。仕手戦が終わったあとの始末は、名義人に回される。かれらは一〇〇万円を貰った結果、今度は数千万円、数億円の負債が生じる。「被害」にあった彼らが人生をやり直すのはとても難しい。

　これは「追い証」などという言葉とともに、株の世界を生きている人なら誰でも知っていることだろうが、このような事実は、小説によって覚えるほうが、勉強することよりずっとわかりやすいのである。IDやパスワードを盗んで利用する手口についても同様である。

もうひとつ付け加えるならば筆者（中沢）は、プロレスについてはまったく不案内である。しかし他の部分（記述）から類推すると、第4章の冒頭に代表されるプロレスのイベントの描写は迫真ともいえるリアリティを備えているに違いないのだ。そうでなければ本書は成り立たない。

　さて「もうぐれ」という言葉が出てくる。本書にあるように「バカ」とか「愚か者」といった意味だが、この言葉は燕・三条から加茂市にかけて使われていた言葉である（本書では下越から中越で使われていると書いてある）。

　地域を説明する時に大切なことの一つは「言葉」である。それは「方言」や「イントネーション」だが、本条潤一郎が運転するBMWの最高級サルーンの後部座席で、苛立《いらだ》った沼島がおもわず呟いたのが「もうぐれ」である。徹底して冷静な筈の沼島が、うっかりもらしてしまうことによりルーツがわかったのである。こういう描写が実に周到なのだ。

　本書はミステリであり、経済（犯罪）小説であり、さまざまな人物を登場させ、その個性を社会的な背景とともに描きながら、私たちの時代をくっきりと浮かび上がらせる社会小説でもある。

ハラハラ、ドキドキを感じながら、著者の端倪《たんげい》すべからざる技を満喫する一冊である。

——福井県立大学特任教授

この作品は二〇〇六年三月ダイヤモンド社より刊行された『株価操縦』を加筆修正し、改題したものです。

双子《ふたご》の悪魔《あくま》

相場英雄《あいばひでお》

平成23年10月15日　初版発行
平成25年7月25日　2版発行

発行人——石原正康
編集人——永島賞二
発行所——株式会社幻冬舎
〒151-0051東京都渋谷区千駄ヶ谷4-9-7
電話　03(5411)6222(営業)
　　　03(5411)6211(編集)
振替00120-8-767643
印刷・製本—株式会社 光邦
装丁者——高橋雅之

幻冬舎文庫

ISBN978-4-344-41739-7　C0193　　あ-38-1